U0097604

Gaea

獵命師傳奇

FateHunter

獵命師傳奇系列【卷四】

九把刀Giddens著

「不可詩意的刀老大」之

一萬元戳鳥

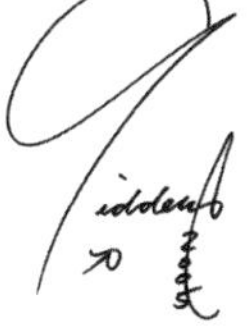

以下是眞實事件。

我大學念的是交大管理科學系，因爲學生窮，交大的校內住宿狀況始終很不錯。我跟我的三個室友發生了不少亂七八糟的事，後來我也在小說裡用了他們的名字，當作友情的紀念。

我們四年都住在擁有酸內褲傳說的男八舍，我的室友名單如下：

愛舉啞鈴把肉練得很難吃的石孝綸（月老），外號叫石不舉（我取的，見笑了）。

沒跟我們住在一起卻很要好的顏劭淵（功夫），綽號淵仔或機巴淵（王一顆取的）。

在寢室養了兩隻貓，「星海爭霸」玩得出神入化的胸毛人葉建漢（打噴嚏），綽號健康。

唯一成績正常大腦也正常的是王義智（打噴嚏），外號叫王一顆（我取的，見笑了）。

大二時有一天管理學上課，淵仔跟一顆在教室後面討論起一件怪勾當。

一顆淡淡然說道，如果淵仔願意付一萬塊錢，他可以讓淵仔戳小鳥一下。是的你沒有看錯，淵仔也沒有聽錯，就是這種莫名其妙的爛交易。於是很愛逞強的淵仔在下課後立刻跑去郵局提了十張千元大鈔，跑去我們的寢室蹺二郎腿，氣焰囂張。

記得當時是中午，每個人的手上都拿著一盒便當談判。而健康不在寢室。

「別以爲我不敢，喏，一萬塊，我要戳你的小鳥。」淵仔惡狠狠道，手裡揮舞鈔票。

「好啊！」一顆嘻嘻笑，立刻將便當放下，兩條腿張開。

好羨慕喔，當時的我跟石不舉神色複雜地相看了一眼。哎，這種戳鳥錢眞是好賺，同樣是父母生的，卻偏偏輪不到我們。鳥生下來，到現在一點經濟貢獻都沒有。

「不過，你要把牛仔褲換下來，換成運動褲或內褲，這樣戳起來才爽！」淵仔恐嚇道，眼睛瞪大。

「不要，我又沒有說要穿什麼褲子，我就是要穿牛仔褲給你戳鳥。」王一顆愣了一下，拒絕。

「我出錢的耶，怎麼戳你的鳥是我的事，你不僅不可以穿牛仔褲，而且要站在走廊上給我戳，讓大家都看到。」淵仔冷冷地說，耳根子卻紅了。

啊，我懂了。果然是淵仔的機巴個性。

淵仔畢竟還是正常人，花一萬塊戳鳥這種事實在太笨（或太浪費），他是不肯眞幹的。但話都說出去了，爲了不給人說「沒種又吝嗇」，淵仔只好硬著頭皮上陣，試圖用越來越嚴苛的戳鳥條件使王一顆自動放棄，成爲一個「不敢給戳鳥的孬種」。

「不行，我在寢室給你戳就好了。」王一顆堅持，頗不自在。

「好，那我就叫大家進來看，看我戳你鳥。我花一萬塊耶！我敢花一萬塊耶！」淵仔強調他的出手大方，脖子卻紅得像燒鐵。

「只能戳十秒。」王一顆有點生氣，畢竟小鳥被這樣論斤計兩的恐嚇，實在怪怪。

「至少要戳三十秒。」淵仔伸出手，頗有力道地虛抓空氣一下。

「十秒。十秒就已經很多了。」王一顆惱怒。

「三十秒！怎樣？你是不是不敢？」淵仔冷笑，得意起來。其實他心底怕得要死。

石不舉終於忍不住了。

「好啦這樣啦，我一萬塊，給你戳四十秒。」石不舉亂入，大方撇開大腿。

混蛋！居然早我一步！

「我一萬塊，戳鳥五十秒。」我從鼻孔噴氣，拍拍褲襠。小GG，世道艱險，人生多難，你要勇敢，你要堅強。

「我一分鐘。」石不舉瞪著我。

「我八千塊一分鐘！」我不遑多讓。

「我八千塊兩分鐘！」石不舉的額頭上爆出青筋。

「我六千塊兩分鐘！」我不屑道，其實褲襠隱隱發冷。

「我六千塊五分鐘！」石不舉舉起啞鈴，作勢要丟向我。

「你不怕被戳這麼久，一個不留神就射出來嗎？」我淡淡地說。

淵仔打斷我們的對話，繼續他跟王一顆之間的倔強角力。

「石不舉、九把刀都給我閉嘴，我才不想戳你們的鳥。今天我就是要戳王一顆的。我跟你說，就算只戳十秒，我也會將你的小鳥戳到爛掉，爛掉，是整個爛掉！」淵仔整張臉都紅了，語氣卻益加嚴峻。

「幹機巴淵，爲什麼要花一萬塊錢把我的鳥戳到爛掉！」王一顆忿忿不平。

「我花一萬塊錢，我愛怎麼戳就怎麼戳，絕對要戳到你送醫院。」淵仔伸出爪子，在空中一擠，然後一扭，又一扭。我彷彿可以看見蛋殼破裂、蛋黃流出的慘狀。

「幹，我不給你戳了！我看你根本就不敢花一萬塊！」王一顆勃然大怒。

「你說我不敢！幹，我今天就是要花一萬塊戳爆你的鳥！」淵仔給踩到痛處，怒不可遏。

此時胸毛亂長的健康蓬頭垢面回寢室，勉強打斷爭吵，淵仔趁機拂鈔而去。健康嗅到氣氛不對，問剛剛是怎麼一回事，但我跟石不舉怎麼解釋健康就是不信，認爲我們在唬爛他。不能怪健康，這種事本來就很唬爛。而王一顆面色難看地吃著冷掉的便當，一邊幹罵淵仔存心侮辱人（我看是因爲沒賺到一萬塊在生氣）。

後來王一顆跟淵仔陷入冷戰，好幾個星期都不講話，上課也都離得遠遠。眞的是超蠢，就爲了從一開始就不正常的戳鳥，講出去也沒什麼光彩，多年以後還要被當作家的朋友拿出來亂寫序，多麼不堪。

後來大三時我們室友間又打了個更扯的賭，賭約內容爛到翻掉。

那又是另一個故事，不，另一個序了。

獵命師傳奇系列【卷四】

目錄

〈地鐵裡嗚咽的悲傷默契〉之章

第85話

「從今而後，世世代代的獵命師，定要為此付出代價。」

二〇一五年。

深夜的東方之珠，香港。

旺角地鐵站早已關閉，除了幾個臉色疲憊的警衛在管理室喝著凍奶、打牌解悶，所有監視器拍攝得到的地方，全面禁止通行。

但對一群慣於在城市各危險角落穿梭自如的獵命師來說，所有的「禁止」符號不過是偶爾參考一下的玩意，一個不留神，很容易就視而不見。

「啪。」

咚，咚。咚。

一道簡潔流暢的手刀劃過，三個警衛還沒弄清怎麼回事便從椅子上摔倒，桌上凍奶被晃過的手推翻，褐色的飲料汁液沿桌緣潑灑下去。

二十多台監視器的總開關，被按下了停止鈕。

沒有多餘的交談贅語，由面無表情的烏侉在前領路，六個獵命師快速通過昏暗的月台，走進這個城市的底竅。

再美麗的城市，地底下總是積澱著厚重的塵埃，深埋著城市無數歲月的排泄。

而接連兩個月台間的隧道，在熄燈後就像某種軟體動物的腔腸，幽長，混濁，又流謐著些許神祕的不安。

父親烏侉的背影在跟在後頭的烏拉拉看起來，依舊是那麼陌生。

強大，但不可靠。

烏拉拉看了身邊的哥一眼。哥哥才是信賴的代名詞。

烏霆殲大口吃著手中冷掉的薯條，偶爾分一些給躲在大衣口袋裡的紳士吃幾口，毫不關心這麼大陣仗漫行在深夜的隧道裡要做什麼。

是的，這種陣仗非比尋常，恐怕足以殲滅半個香港的吸血鬼幫派。

烏儕，胡求，郝戰，尤麗，除了自己與哥哥以外的這四個長輩，都是各據一方的大獵命師，精通的術法各有不同。

爸就不用說了，烏家一向是火炎咒一等一的傳承者；而年約五十的胡求擅長斷金術，據說他的咒法功力足以與J老頭打造的兵器相抗衡；郝戰四十五歲，承襲了家學淵源的破潮陣，擁有一雙輕易抓碎水泥牆的鐵掌；四十歲的尤麗是大風咒的行家，也是快速獵命的能手，身上的疤痕並不比男人要少，大腿兩側掛著由J老頭精心打造的三叉戟。

當然，在烏拉拉的心中，哥哥未必便輸給了這些臭著臉的「祝賀者」。

「哥，我們到底要去哪裡？」烏拉拉細聲問。

「我哪知道，六個人打麻將多兩人，打籃球又少四人，不上不下，大概是想殺幾頭吸血鬼替你慶生吧。」烏霆殲故意說得很大聲，一臉漫不在乎。

「唉。」烏拉拉輕嘆，實在是好無聊的生日。

不過說起來也頗值得高興，畢竟這是爸第一次帶著他一起去獵殺吸血鬼，這麼做，等同認可了自己的實力……雖然爸所認識的烏拉拉，實力根本不及眞正的烏拉拉十分之一。

烏侉領在前頭一直走一直走，速度忽快忽慢。不知不覺眾人已穿過所有已知的地下鐵月台，進入施工中的不明空間。

隧道彷彿永遠沒有盡頭。地底下的隧道沒有與地面對應的名字，完全失去了空間感。

「可以了吧，烏侉，你到底要走到什麼時候？」尤麗首先停住腳步，「施工中」的微弱黃光忽明忽滅打在她飽受風霜的臉上。

烏侉駐足，默默打量著周遭環境。

烏拉拉微感疑惑，他並沒有感覺到任何吸血鬼的存在。雖說仍有不少無法順利突變成吸血鬼的「殭屍」寄居在潮溼又陰暗的地下道裡，但那些低等的闇存在，根本不必浩浩蕩蕩勞駕六個獵命師啊。

一旁高高隆起的石台已磨平近半，管理員室也粗糙成型，巨大的抽水馬達從遠處地軌上傳來隆隆的低吼聲。

再過幾個月，這裡就會變成一個像樣的月台吧？

「就在這裡吧。」胡求開口。

烏倴看了他一眼，生冷的表情首次有了變化。

「我兒子十七年前承蒙你的照顧了，今天總算輪到我擔當你的祝賀者。」胡求話中有話。

郝戰不置可否，尤麗卻自顧跳上了月台。

「到底要做什麼就說吧，搞了半天也不知道你們在玩什麼把戲。」烏霆殲將空的薯條盒丟在軌道上，漫不經心地踩扁。

烏拉拉感覺氣氛有異，紳士不安地在哥的肩上縮成一團。

一行人全上了月台。

第86話

郝戰穿著黑色長大衣，蹲在一角抓頭，在頭皮屑飛舞中看著面色鐵青的烏侉：「我也覺得這裡挺好啊，就算等一會血嘩啦啦飆得到處都是，也嚇不到什麼人。」一隻巴掌大的小白貓，從高大的郝戰的手掌縫中鑽出，好奇地看著紳士。

烏侉緩緩點頭。

「你有兩個兒子，卻只看見一隻貓，就知道你早有心理準備。這樣很好。」胡求也找了個位置坐下，一根手指按在磨石子地上，微微用力，竟生生鑽進地板裡。

手指旁的地板漸漸往旁裂開，像蜘蛛網一樣緩緩擴散。這已不是純粹的「力」可以形容，而是摻雜著怪異能量的「透勁」。

胡求已經不帶靈貓很久了。嚴格說起來，胡求並不是一個獵命師。自從三十歲那年他將奇命「斬鐵」完美地嵌進體內修煉後，胡求就是一個單純的武咒家。他的手寫上斷金咒後，就是完美的超凶器。

烏霆殲哼了一聲，對這些大人說的話並不感興趣，更對胡求展露的那一手不屑一顧。

但烏拉拉已經不由自主地打了個哆嗦。他並不覺得胡求是那種隨便展現力量的人。

「烏侉，你隨時都可以開始了。」尤麗也坐下，將大腿上的兩把三叉戟拿在手上把玩，一時流光四洩，身旁她養的靈貓也瞇起了眼。

J老頭鍛造武器的技藝已不是「登峰造極」所能形容，脾氣更是怪到捉摸不定，他肯爲尤麗量身打造最稱手的兵器，可見尤麗有過人之處。

「不介意我換上命吧。」尤麗嘴巴問，但手一瞬間已完成了取命封印的動作。

「請便。」烏侉冷冷道。

這時烏拉拉已發現，三個前輩所坐的位置大有學問。

乍看之下尤麗、郝戰、胡求僅是隨興而坐，實則巧妙地佔據控制整個月台與通行隧道的四個方位之三。最後的第四個位置，則由父親剛剛緩步補上。兩兄弟不知不覺，已在四位大獵命師的合圍之中。

更不妙的是，烏拉拉驚覺尤麗剛剛放在身上的命格，竟是極富攻擊性的「殘王」。

一陣怪異吹旋的風突起，在尤麗危險的三叉戟縫中嗚咽。

一雙厚實大手拍拍烏拉拉的肩膀，是哥。

「沒什麼了不起的，這些大叔大嬸只是在開開玩笑。」烏霆殲環顧四周。

烏拉拉感覺到，哥的手心正滲著冷汗。

「開開玩笑？」郝戰莞爾：「……的確像是一場玩笑。我想這樣的開場還是得由你們的父親詳加說明，是吧，各位？」郝戰撥著頭髮，他的小小貓津津有味吃著掉落在地板上的頭皮屑。

「擔任始作俑者烏家的祝賀者，等於欣賞最棒的秀，我不介意多等。」胡求用連自己都不習慣的嘲弄語氣，說道：「這兩個小朋友有權利了解自己的老祖宗幹過什麼蠢事。」

尤麗倒是露出厭惡的神色，卻也不能多說什麼。

畢竟接下來會發生的事太過殘忍，讓死者闔上眼前了解這樣的命運爲何會纏繞住所有獵命師，也是無可厚非。

何況就如同胡求所說的，烏家的人最有資格在彼此廝殺前，知曉詛咒的起源。

「爸……他們在說什麼？」烏拉拉的焦躁全寫在臉上。

「我對什麼老祖宗的陳年往事沒有興趣。烏拉拉，我們走。」烏霆殲淡淡說道，拉著烏拉拉便往郝戰的方向走去。

郝戰喉嚨裡「哦？」的一聲，緩緩站起，高大的身材擋住了烏霆殲的去路。

「這樣做好嗎？即使是傳說中的天才……也是有英年早逝的可能喔。」郝戰看著手上的頭皮屑。

郝戰鼓起嘴輕輕一吹，白色的「雪花」全噴在烏霆殲越來越難看的臉上。

烏霆殲冷不防一拳揮將過去，郝戰不閃不避，就這麼硬接住烏霆殲重若崩山的鐵拳。碰！空氣震動！

烏拉拉瞪大眼睛，這簡直是不可思議。郝戰輕輕鬆鬆就用他的手掌牢牢鎖住哥哥巨大的拳頭，雙腳沒有移動分毫，另一隻手甚至仍捧著他的小小貓！

烏霆殲微微皺眉，眉心、鼻梁、太陽穴瞬間湧出冷汗，呼吸也變得短暫急促；郝戰自始至終都沒有看他一眼，看著小小貓吮吸自己的手指。

「傳說中的天才，我還沒使用命格喔。」郝戰咕噥著，象徵性輕輕咳了一下，烏霆殲竟被往後震退了一步。紳士跳下。

「你得了看別人眼睛就會死掉的病嗎？」烏霆殲的額頭上爆起青筋，一咬牙，腳下起勁，卻無法往前踏步。

兩人的身上都發出可怕的氣勢，但強弱已有了明顯的分別。這也難怪，郝戰的評價本就與烏侉不分伯仲，而哥一次也不曾打贏過爸。

但烏拉拉心中泛起一陣奇異的感覺。

哥哥，應該沒有這麼弱吧？

「夠了，烏霆殲，你的對手不是郝戰。」烏侉說道，褐色的靈貓自他的腳邊走過。父親已經換上他修煉再三、幾乎要完成了的奇命：「居爾一拳」❶。

「對手？」烏拉拉一驚。

「你們兩兄弟，在這個月台上，殺死對方吧。」烏侉淡淡地說，就像在說著與自己毫無干係的話。

烏霆殲愣了一下，郝戰已鬆開掌，任脫力顫動的烏霆殲的拳放下。

烏拉拉無法理解父親的話，腦中一時煞白。

「不需要你老爸再說一遍吧，把你們的拳頭用力砸在對方身上，直到自己的兄弟用可怕的吊白眼看你。就是這麼簡單。」胡求旁白。

烏侉怒視胡求。儘管他能理解胡求的憤怒爲何而來。

十幾年前，胡求兩個兒子、兩個女兒彼此廝殺的那天，自己正是見證儀式的祝賀者之一；而胡求其中一個女兒被兄長震飛出限定的圈子時，自己按照執法的「規定」，毫不留情出手擰碎了她的頸骨。胡求一直念念不忘那份「恩德」。現在正是他回報的時刻。

「……」烏霆殲用可怕的眼神一一掃視四位長者。

「爸，我不懂。」烏拉拉往後退了兩步，紳士跳到他的鞋子上。

烏拉拉內心徬徨焦躁，雙腳居然不由自主顫抖起來。

烏侉閉上眼睛，像是在調整情緒。

烏霆殲深呼吸，與烏拉拉相互看了一眼。

「別想逃，逃走的代價你們不會想領教的。」尤麗認眞警告，她並不希望這件事情有脫序的演出，她只想趕快解決，然後走人。

「誰活了下來，誰就是我們的新夥伴，我們都是這樣走過來的。」郝戰脫下黑色長大衣，鬆開領帶，解開白色襯衫上兩顆鈕扣，說：「在那之前，我不會手下留情的。」

烏霆殲的鼻子噴氣，冷笑：「這就是你們千里迢迢趕來給我弟弟祝賀的禮物？讓我們兩兄弟殺掉對方？」但氣燄已不若以往。

烏侉緩緩睜開眼睛，又恢復了平日堅毅的眼神。

「還記得爸跟你們說過，烏禪先祖單槍匹馬殺進東瀛血族皇城的故事嗎？」烏侉。

烏拉拉倉皇點頭，烏霆殲雙手環抱前胸。

「那個故事，我一直沒有說完。」烏侉。

---

❶典故見九把刀《打噴嚏》一書。

第87話

當年，由於第一次遠征東瀛的艦隊在大海上幾乎全軍覆沒，徐福能夠操縱氣候的傳言甚囂塵上，致使第二次遠征血族的蒙古軍隊，在招募獵命師隨行的時候產生了嚴重的困難。

儘管有公認最強的大獵命師——烏禪的領軍，但願意一同領奉始祖姜子牙遺命，跨海取血天皇徐福腦袋的獵命師徒孫，還是非常稀少。尤其許多赫赫有名的大獵命師，竟忙著在宋元間最後掙扎的縫隙中卡位，不願意搭上遠征的軍艦。

縱然情勢如此艱險，烏禪還是突破了颶風，突破了等待在岸上的重軍，從富士山山腳鑽進了地底密道，一路殺進了血族的地底宮殿。

最後，烏禪終於來到了徐福面前。

□

「就跟每一個獵命師所知道的那般，徐福終究活了下來。」烏侉。

此時，兩兄弟在四個長者的包圍下，感受到一波又一波凜冽的「氣衝擊」，隱隱將兩兄弟威迫到月台的中心。

「我們從小所聽到的故事，就是結束在烏禪先祖奮戰到力竭而死，難道不是嗎？」烏拉拉表面上提出疑問，實則無法專注理解這個故事的背後，究竟藏著什麼樣的祕密。

郝戰笑了出來。雖然一點都不好笑。

「聽見烏家的子孫問這樣的問題，實在是令人百感交集啊。」胡求冷笑。

烏霆殲緊緊握住弟弟冰冷的手。

「烏禪先祖的確在幾十個最精銳的牙丸武士中力拚而死，但，當時的烏禪先祖可不是故事中所說的單槍匹馬。他的身邊還有最可怕的戰友，食左手族的頭目，毛冉。」烏侉繼續說道。

「食左手族？」烏霆殲皺眉，聽都沒聽過。

食左手族，用現代的語言來說，就是該族因天生的基因缺陷，導致所有的族人先天就沒了左手，故名。

食左手族於南疆一帶出沒，數量稀少，身體壯碩，肌肉明顯從身軀的左邊逐漸強化到右邊，尤其右臂出奇的發達，能穿牆破岩、甚至能輕易抓碎金屬兵刃。若靜立不動，食左手族就如同一個無法保持平衡的怪異形體，兼又上身是下身的兩倍大，比例怪異，猶如尚未進化的猿人。

是以食左手族一直以沒有左手為恥，終生不斷捕食人類的左手，認為此舉終能使自己或後代長出嚮往的左手。而獵命師，在食左手族看來，是充滿奇異能量的「非純人類」，獵命師的左手在食左手族的「菜單」上，自然是絕佳的食材。

毛冉是食左手族的頭目，他願意與最強的獵命師並肩作戰，只有一個原因：烏禪先祖應允他，等到徐福被他殺死的那一刻，他願意將他的左手送給毛冉吃掉。

「毛冉在最後的一刻背叛了烏禪先祖？」烏拉拉。

「不。毛冉不但沒有背棄烏禪先祖，還幫著烏禪先祖擋下所有殿前武士的攻擊，讓烏禪先祖專心一意與魔王徐福作戰。」烏侉。

□

當時情況非常慘烈，殿前的牙丸武士全都是可怕的殺神，毛冉非但無法分神幫助烏禪先祖對付徐福，還幾乎在霸氣縱橫的武士刀光中把命送掉。

等到毛冉的血幾乎流乾，力氣幾乎僅剩蒼蠅般微小時，忽然聽見身後傳來一聲極其可怕的哀號。淒厲的叫聲在污濁的空氣中震動，迴盪在整個地下皇城密道。

所有的牙丸武士都愣住了，趁著空隙，毛冉回頭一看。

烏禪先祖雙目瞠睜，手中的九龍銀槍斜斜貫進魔王徐福的胸口，九柄張牙舞爪的槍尖從徐福的背脊四射爆散開來，直釘入腳下的血池裡。

徐福的雙手死命抓住胸前的槍身，雙膝跪地，驚恐莫名地看著殺氣騰騰的烏禪先祖站在眼前，用最狂傲的姿態睥睨著自己。

那對比真是難以形容的暢快。

幾乎所有的牙丸武士都驚呆了，手中的武士刀幾乎要摔在地上。而快要倒下的毛冉看了這一幕，精神一振，口水都快流下來了。

「即使是最強的吸血鬼，中了那種招式也該死得不能再死。」烏霆殲開口。

自他出生以來，許多獵命師的長輩都說烏霆殲不管是氣度身材，或神情舉止，都像極了傳說中的烏禪先祖。當那些長輩這麼說的時候，總露出相當複雜的語言表情，不像是純粹的誇讚，而像是一種難以言喻的遺憾。

而烏霆殲，從小就非常認同霸氣萬千的烏禪先祖。對他來說，烏禪先祖是獵命師的典範。

「如果眞中了那招，不管徐福用了哪一種命，的確都免不了一死。」烏侉。

□

地下皇城，偌大的血池中。

銀槍擊殺魔王的景象漸漸在空氣中崩潰，化作凌亂的虛幻破片。

取而代之的，是烏禪先祖難以置信的臉孔，與恣意狂笑的徐福。

烏禪先祖手中，末端爆散的九龍銀槍，只有三把槍頭勉強釘穿了徐福的左大腿、右大腿，以及下腹。

完全偏了。烏禪先祖被徐福最後的幻術所欺矇，將銀槍插進幻影中的徐福，錯失了致勝的關鍵。

徐福的魔手，血淋淋地穿過烏禪先祖的胸膛，從背脊貫出時已抓著強烈跳動的心臟。

一隻妖貓從血池裡探出頭來，露出兩顆邪惡的尖牙。

「除了幻術，嘿嘿，別忘了，我還是個擁有千年道行的獵命師！」徐福笑道，手猛力一握，烏禪先祖的心臟瞬間爆破。

原來徐福的體內，棲伏著某種他最擅長的機率格奇命，或許是「千驚萬喜」，或許是「大幸運星」，誰知道。配合上幻術，終讓徐福躲過了致命的一擊，還奪破了烏禪先祖的心臟。

徐福緊握的手中，摔落無數稀爛的碎肉。

但烏禪先祖並沒有如徐福預期地倒下，他只是將左手鬆開，飛快在半空中結起古怪的咒印來。

「是嗎？雖然遺憾，但我也做好了預防措施。」烏禪先祖獰笑，竟還能說話。

徐福錯愕。

一股奇異的能量突然在血池中祟動，破散，爬昇，然後在兩人的四周畫出無數道紫氣縱橫的光結界。

這結界的能量奇大無比，仙氣繚繞，剛剛烏禪先祖在空中所結的咒印，背後的來頭絕不簡單。

「你怎麼……」徐福駭異。自己明明就抓碎了烏禪先祖的心臟啊，獵命師畢竟不是神仙，心臟被破，理應立即斷氣才是。

徐福想拔出貫穿烏禪先祖胸膛的手，卻反被烏禪先祖方才結印的手牢牢抓住，無法動彈半分。想舉起另一隻手，烏禪先祖卻放開九龍銀槍，又是一把箍住。

「在我的氣魄面前，什麼命什麼術都無效！」烏禪先祖艱辛笑著，但眉宇之間不禁流露出無限的悔恨。

如果有另一個獵命師在現場，絕對能輕易斬斷徐福的命脈。

烏禪先祖當時，一定是這麼想的吧。

□

「烏禪先祖難道也有『萬壽無疆』那樣的命？所以死不了？」烏拉拉張大嘴。

「不，當年烏禪先祖在漠北有一段不可思議的奇遇，在成吉思汗的御醫幫助下動了神奇的手術，成爲擁有兩顆心臟的男人。」烏侉慢慢地說：「第二顆心臟，據說位於下腹。」那是另一個故事了。

□

「那個結界的印，想必就是姜子牙當年傳給烏木堅那傢伙的吧。」烏霆殲。

沒錯，姜公留下了對付徐福的印，在千年後派上了用場。

那個印是我們烏家嫡傳的封印絕招，原本不為旁人所悉，但現在於獵命師中已不是祕密。

那仙氣的咒印所製造出的伏魔封印可長達數百年，甚至千年，視施咒者的修為，以及被封印者的修為而定。

徐福畢竟有千年道行，敗給烏禪先祖僅因妖氣幾乎放盡，在封印裡慢慢休養，什麼時候可以破繭而出難說得很。但徐福被烏禪先祖的九龍銀槍這麼一捅，受創極重，沒有幾百年是不可能掙脫封印的。

但這封印，就如同所有封印的制約，定要付出一定的代價。要困住徐福這樣等級的妖魔所需要的，就是施術者自己的生命。

而烏禪先祖，就這樣與徐福雙雙被困在姜公設下的仙氣結界裡，直到力氣放盡，血流乾，死在差一點就能滅絕的對頭前。

□

「故事還沒結束吧。」烏霆殲看了看四角合圍的長老，說：「烏禪先祖肯定還留下了什麼。」這也就是自己與弟弟被圍住的原因。

「沒錯，你們家老祖宗留下了幾句話。」胡求看著威風凜凜的烏霆殲。

當年，烏禪就是長得這樣子吧。

□

徐福痛聲慘嚎，這次的悲愴不再是幻覺。

「毛冉，不好意思啊，我要待在這個結界幾百年了。」烏禪吃力笑道。

毛冉大怒，氣得全身發抖。

數十名圍住血池的牙丸武士，一時之間也不知道該不該繼續戰下去，只聽著毛冉與烏禪先祖之間荒謬絕倫的對話。

「這算什麼！你這個不守信用的騙子！」毛冉怒氣勃發衝進兩雄相戰的血池，想撕開結界入內，卻被強大的仙氣給震開。

烏禪先祖瞪著在九龍槍下痛苦哀號的徐福，口中淡淡說道：「是，我是個騙子。不過我欠你的，要所有的獵命師一起承受。毛冉，接下來我所說的話，你幫我一字不漏帶出去。總有一天，你一定能吃到我最美味的左手。」

毛冉大吼，無法遏抑住心中的憤怒。

居爾一拳

命格：修煉格

存活：五百年以上

徵兆：對武學的執著已經超越了武學本身，進入了精神超越肉體極限的境界，此時的執著已經集中到無法渲染到旁人，所以不歸類為情緒格。

特質：一對一戰鬥時的最佳選擇，尤其是做跳級戰鬥時，宿主的精神力能夠帶動更形而上的命運，一舉擊潰比自己強韌許多的對手，但一擊之後，宿主的氣勢也會迅速潰散，故建議在擁有同伴支援時使用——但真正修煉出此命格的宿主，根本就不會在乎啊。

進化：無。但力量無限制往上積累。

第88話

還沒有名字的地下月台。

氣氛越來越肅殺，無形的鬥爭早已開始；四長者用氣勢不斷擠壓著月台中心的兩兄弟，將兩人擠出一身冷汗。

「後來，那毛冉果然逃出了地下皇城，也帶出了烏禪先祖最後所說的話。」烏侉看著烏霆殲與烏拉拉。

胡求冷笑，郝戰無言，尤麗則嘆了口氣。

「烏禪先祖要獵命師再度潛進皇城，砍掉徐福的腦袋，砍下他老人家的手，依照約定送給毛冉吃。」烏侉。

「如果辦不到呢？」烏拉拉凜然生懼。每個獵命師都知道，徐福依然健在，只是不再露面。也沒有露面的需要。

「如果辦不到，每個獵命師的下個世代，就只能留下唯一一個子嗣。」烏侉緩緩說道。

「否則？」烏拉拉瞠目結舌。

「否則，烏禪先祖詛咒天底下所有的獵命師，在十年之內死絕殆盡。」烏侉沉著臉，痛聲說：「先祖認爲，沒有立志完成誅滅血族之首的獵命師，根本喪失存在這世間的必要。」

烏霆殲突然哈哈大笑起來，眾人一愣。

「有什麼好笑？」尤麗怒。

「先祖肯定是個英雄人物，大大的英雄人物，但他死前想說什麼就說什麼，關其他的獵命師屁事！你們居然信了這一套！」烏霆殲笑得前俯後仰，眼淚都快流出來了。

烏侉大喝：「住嘴！」

□

沒錯，一開始根本沒有人相信詛咒這一套，更多人認為，這是毛冉編造出來的故事。

或許烏禪先祖根本不曾殺進地下皇城，或根本就命喪於毛冉手中，畢竟所有關於皇城發生的一切，都只有毛冉單方面的說詞。食左手族一向被認為野蠻、未進化、貪婪、智能低弱。不可信賴。

就算烏禪先祖真的以九龍槍釘穿徐福，雙雙困在姜公佈下的結界內，毛冉也可能編出一套詛咒說詞，誘拐其他的獵命師破入皇城幫他剁下烏禪先祖的左手，供其食用。

更可能，是醜陋的毛冉一時興起的惡作劇。

然而，可怕的事件發生了。

原本位於崑崙山上，獵命師共同宗廟前，用斷金咒冶煉萬年寒鐵而成的姜公人像，竟遭天雷擊毀，崩裂成數百破塊。

接著，當年烏禪先祖一一走訪拜託，卻不肯一同強赴東瀛的大獵命師們，在一年之內遭不明力量襲擊暴斃，肢首分離。

這些事絕不尋常。烏禪先祖願意親身拜訪的豪傑，無一不是獵命師中備受推崇的翹楚，如今死於非命，死狀淒慘，不是單純遭遇強橫的敵人所能解釋。

天底下所有的獵命師共赴崑崙，與德高望重的白線兒老祖商討詛咒一事。

「詛咒恐怕是真的。」白線兒看著渾沌黑沉的天空，嘆氣。

所有的術師都知道，「術」的施行伴隨著各種條件，越是限定條件，術的力量就越強大。術的力量越強大，施術者所承受的反動也就越可怕。

術經常是一種精神意念，這種精神意念超越別人的意識，也就是不管別人同不同意，都會發生效果。封印，詛咒，都是這樣的術。

但詛咒又比封印的條件更加嚴苛，因為發下詛咒者必須與被施咒者產生關係，關係越強，詛咒的範圍與持續力就越強。

我們獵命師先天體質特異，是極少數的人種，或許在「血」的承繼上有某種連動性，這樣的連動性使得烏禪先祖的詛咒得以通過血緣做有限定的擴散。加上烏禪先祖的詛咒已經明白揭示避開詛咒後果的方式、甚至完全破解的途徑，使得詛咒在益加限定的範圍內更加牢不可破。

所以，崑崙山上的獵命師大會，有了無比殘酷的結論。

「所有的獵命師，都必須嚴格監控彼此下一代的成長狀況，在最後一個孩子年滿十八歲的那天，務須保證只留下一個有資格存活下來的後繼。為確保後繼者的能力，至少必須生下兩個供命運選擇的孩子。」烏侉的語氣已經非常冷靜，完全看不出異狀。

此時，烏侉已經卸下身為一個父親的外殼，露出凌駕於個人之上，集體共識的赤裸面貌。唯有如此，烏侉的聲音才不至哽噎，眼淚才不至辛酸滾落。

「在下一代中，誰最有資格繼承獵命師的身分呢？」胡求淡淡說道：「當然就是最強的那一個。所以現在站在這個月台上，等待你們殺掉對方的人，全都是親手殺掉自己兄弟姊妹的劊子手。就連你們的父親，也是殺了自己弟弟才活下來的勇士。」

烏霆殲與烏拉拉，一個面紅耳赤，一個臉色慘白。

「當然，還是有許多的獵命師根本不相信這一套，帶著自己的子女東躲西逃，於是畏懼詛咒應驗、滅絕所有族類的獵命師們，開始結盟，公開追殺不遵守誓約的自私自利之徒。」郝戰複述從母親那邊聽來的言語：「七百年來獵命師間發生許多大大小小的戰爭，人數也越來越少，剩下的，都是願意爲大局著想的族人。」

「現在每個世代的獵命師，不會超過一百人。三個世代，也不過三百名獵命師。」

尤麗略顯不耐。

這就是獵命師。

競獵天下奇命，但自己的命運，只是區區的幾句詛咒。

根本，就無法掌握什麼。

月台上，氣氛越來越詭異。

忿恨無奈，自我哀憐，焦灼躁鬱，每個祝賀者都想起了自己的不堪往事。

「明白了的話，就動手吧。」烏侉平靜地說：「不管誰殺了誰，都不需要抱著歉疚的心意；活下來的，擁有獵命師的身分，死去的，依然是我的兒子。我們獵命師從來就不曾眞正擁有屬於自己的命運，卻共同承擔了詛咒。」

時候到了。

再不動手的話，可以想見共同赴會的祝賀者將會親自動手，殺死他們兄弟之一。這些以獵命師自詡的人，有太多殺死對方、保存集體的理由。

紳士悲傷地吁了一聲。

「爸，各位叔叔伯伯，我有個想法。」烏拉拉舉手，勉強笑道。

「喔？」郝戰。

「不如我們號召天下所有的獵命師，聯手攻入東京地底下的血城，取下徐福的腦袋好不好？」烏拉拉咬著嘴唇，握緊拳頭：「雖然說烏禪先祖的手大概已經爛掉了，那個叫毛冉的妖怪多半也老死了，但付諸實踐的誠意，一定能夠解除詛咒。」

烏拉拉說完，卻發現沒有一個人看著自己，除了哥。

時間一分一秒過去，尤麗手中的三叉戟越來越不安分，郝戰手中的小小貓縮成一顆毛球。

在任何一個祝賀者接口前，哥已哈哈大笑，意氣風發地搖頭。

「弟弟，很高興你願意說出這樣的話，你剛剛所說的，足以證明你是個頂天立地的男子漢。」烏霆殲在月台中睥視昂藏地走著，好好審視了每一張等待他們兄弟彼此廝殺的嘴臉。

即使是剛剛氣勢、實力都壓過烏霆殲的郝戰，也不由自主避開了烏霆殲尖銳的眼神。

「這些人沒救了，我或多或少能夠理解烏禪那傢伙的心情了。面對他幹的詛咒，我絲毫沒有怨言。」烏霆殲停住，抖抖緊繃的肩膀，扭扭脖子。

烏拉拉的眼淚流下。

烏霆殲看著心愛的弟弟：「可惜我打不過這些膽小鬼，要不，明天我就買機票去東京，去地下皇城觀光。」一跺腳，大喝：「弟！向我出手吧！我們之間只能有一個人活下來，這件事再清楚不過！」

烏拉拉終於號啕大哭了起來。

「哭什麼！」烏霆殲大怒，突然欺近，一個大勾拳將烏拉拉轟離地面。

烏拉拉砰地摔落，灌滿鼻腔的鮮血往臉頰兩旁滾落。

紳士嚇得魂不附體，在兩兄弟之間不知所措，往哪邊都不是。

烏霆殲大腳一舉，將紳士踢到停止哭泣的烏拉拉前。

「你要有心理準備……剛剛我只用了三成力。接下來我通通會真打！」烏霆殲脫下外套，緊繃的T恤下，露出驚人的肌肉體魄，狠狠威脅：「如果你還想彈你的吉他，最好想辦法把我給殺掉。」

烏拉拉搖搖晃晃站了起來，擦去眼淚與鼻血，眼神茫然。

「如果殺不掉我，也要像一個戰士死去！」烏霆殲大喝，試圖喚醒完全喪失鬥志的弟弟。

胡求突然笑了起來。

烏侉再也忍受不住，充滿殺意地看著胡求。但胡求完全不加理會。

「真感人。其實你們的父親早已在你們之間做了選擇，難道你們都看不出來嗎？」胡求說。

雖是惡意的提醒，但事實的確如此。

十八年至今的記憶，快速在烏拉拉腦中自動重點格放。

從小，父親對哥哥嚴厲教導，動輒拳打腳踢，對自己卻毫無節制地放縱。

哥哥偷偷帶自己出去玩，爸從來只處罰偷懶的哥，卻對貪玩的自己視若無睹。

自己每天夜裡勤練吉他、跟獨腳大叔在街頭駐唱，爸也沒說過什麼，就連象徵性叮囑自己不要荒廢了功夫與獵命術，都沒有。

一次都沒有。

原來，父親對自己投注的，並非一種叫做「愛」的情感。

而是計畫性的毀滅。

「我擔任過五次的祝賀者，常常見到這樣的情景。越希望弱者認真向自己動手的那個人，其實只是想藉由弱者針對自己的殺意，解除自己最後殺死弱者的罪惡感罷了。」胡求看著怒氣勃發的烏霆殲：「那便是，你哥哥對你最後的愛。」

胡求一番話，將烏拉拉從無法自拔、顛覆背反的記憶中喚醒。

烏拉拉看著烏霆殲。

他很清楚，自己與哥哥之間的差異。

若自己是父親，要從這兩個兄弟之間選一個「夠資格」活下來，成爲獵命師的後繼者，想當然爾，一定是像哥哥這樣的凜凜大漢吧。

突然之間，他發覺自己內心深處，完全沒有一絲一毫的怨恨。

因爲哥。

「爸，我能夠理解。」烏拉拉深深吸了一口氣：「你的決定並沒有錯。哥哥才是應該活下來的那個人。任何人都會這樣決定。」

烏侉沒有回應，他臉上的肌肉與神經甚至沒有任何牽動。

烏拉拉吐出一口濁氣，看著從小與自己膩在一起的哥。

那個會叫他脫光衣服跳下黑龍江的那個哥。

那個會叫他獨自殺死吸血鬼，否則就要殺死他第二次的那個哥。

那個會告訴他……

「清醒點！想想你的吉他，換上命格跟我作戰！」烏霆殲暴吼。

烏拉拉一愣。

吉他？

第89話

「烏拉拉，彈吉他很快樂吧？」烏霆殲睡眼惺忪，打了個呵欠。

「是啊，沒有比這個更爽的事了。」烏拉拉撥撥頭髮，嘻嘻笑說：「我留這長頭髮，就是因為每個超厲害的搖滾吉他手都留長髮，總有一天，我們組個band世界巡迴演唱，一邊挑掉世界各地的吸血鬼。」

「要記住你現在的快樂，無論如何都要堅持擁有這份快樂，知道嗎？」烏霆殲慵懶地用腳趾挑了一塊溼毛巾擦臉，然後就這麼放在臉上消暑。

「那是當然的啊。」烏拉拉想當然爾。

□

無論如何，都要堅持擁有這份快樂？

烏拉拉單膝跪在地上，伸手按住紳士的後頸，四周圍空氣緩緩震動，某種能量正在無形的世界裡暈開，然後穿附在自己身上，與靈魂結合爲一。

紳士哀傷地看著他的主人，烏霆殲。

烏霆殲不發一語，只是等待弟弟慢條斯理將命格「千軍萬馬」換上。

「不願意使用命格對弟弟痛下殺手嗎？」郝戰心嘆，這情形就跟當年他與姊姊廝殺時一樣，他也放棄使用命格。因爲根本不需要。

「『千軍萬馬』，不錯嘛。」胡求道。眞正的場面才正要開始。

烏拉拉睜開眼睛，臉頰上的淚痕已乾，眼神歸於平靜。

「想通了嗎？」烏霆殲握拳。

「嗯。我決定當一個吉他手。」烏拉拉站起。

語畢，兩人慢慢側移踏步，對看，尋找最佳的出手時機。

烏霆殲擺出拳擊預備姿勢，上身弓起，腳微踮，偶爾輕輕跳躍。

烏拉拉則將氣沉到腳底，越踏越緩慢。

月台四角，四人也全神貫注監視醞釀殺意的兩兄弟。

儘管烏拉拉身上的「千軍萬馬」緩緩流洩出不可輕侮的霸氣，但相較於天生英雄、個頭魁梧的烏霆殲，還是遜上三籌。

紳士渾身發抖，毫無頭緒地在兩人的步伐中遊走。

兩人同時大喝，衝向彼此！

□

月台中心拳影交加，空氣中響起一連串的爆裂聲。

「喝！」烏拉拉拔身而起。

烏拉拉連續四個乾淨俐落的連環側踢，全被烏霆殲以快上毫釐的速度躲開，更在模糊、一閃即逝的縫隙中回敬了三拳。

論速度，烏拉拉可是比烏霆殲還要快上一截，但此時卻被足以擊倒世界重量級拳王的快拳削中，身子一個不平衡。

碰。

烏拉拉摔倒，卻一沾上地面就彈起，敏捷地躲開烏霆殲追擊的下壓拳。

烏霆殲的拳何其猛烈，還未修整的地板頓時碎裂，整個拳頭沒入。

「別小看我！」烏拉拉在飛碎的石塊中，毫不氣餒展開猶如閃光般的脛擊，每一踢腳都擾起一股銳利的風勁，掃刮起地上的碎石。

碎石子彈般噴出。

「還不夠！」烏霆殲架在臉孔前的雙臂硬吃下弟弟的脛擊，卻沒能阻擋尖銳的碎石穿過雙臂間的空隙，刺傷面孔。

藉著月台上的地勢，烏拉拉快速踩踏在裸露水泥的柱子，從四面八方攻擊烏霆殲，就跟當時對普藍哲夫採取的策略一樣。

但烏霆殲的守勢，可謂最具攻擊性的守勢。

慢慢移動，運用拳擊中極困難的「羚羊拳」技巧，烏霆殲兩隻腳腳跟高高隆起，上身快速迴旋，用離心加速度增加拳頭的力道，每一出拳都不拖泥帶水，將烏拉拉的踢腳、脛掃、手刀、拳頭，全都擋下。

每擋下一次烏拉拉的攻勢，烏霆殲同時都在進行沉默的反擊。

烏拉拉的腳脛、腳跟、掌緣、拳骨，都已經疼痛不堪，隨時都會裂開來似的。

但烏拉拉沒有停止攻擊的跡象，速度甚至越來越快。

他沒有變慢的本錢。

「一停下來，就會被逮到吧？」胡求暗暗心道。

烏霆殲已經習慣，不，精準地跟上烏拉拉飛也似的動作。如果被「逮到」，只要被完全命中一拳，體型吃虧的烏拉拉將被TKO。

根本是一場重量級v.s.輕量級的不公平比賽。

卻是一場，非常精彩的不公平較量。

「喔！」尤麗忍不住出聲。

真不愧是屬於烏家子嗣的死亡派對，儘管勝負在兩人開打前就已經決定了，但兩人的素質都很高，要不是弟弟從小被烏侉放棄，此刻說不定勝負難料。

□

一滴汗滲進烏拉拉的眼睛。

烏霆殲突然一個沉腳，從拳擊的架式中快速變換成柔道的身形，雙手拽住來不及反應的烏拉拉，腳狂猛一掃。

機不可失。

即使是赤熊也無法閃避的巨漢拋摔。

一聲悶響，烏拉拉的背脊重重撞在地上，但手掌卻對準了烏霆殲的腹側。

「火炎掌！」烏拉拉痛苦大吼，火焰自掌心狂湧而出。

烏霆殲結結實實中了這一招，全身著火，卻在極度痛苦中朝弟弟的臉孔轟下一拳，這才翻身，用氣旋瞬間將火焰抖落。

但應該昏死在地上的烏拉拉，卻消失了。

他滿臉鮮血地出現在烏霆殲的身旁，膝蓋躍起，猛襲烏霆殲的下顎！

「對了，下下個禮拜爸特地從埃及趕來，是不是有什麼任務要交派給我們啊？」

「還不就是你生日？」

「我生日？不可能的，爸根本不認為我會是個好獵命師。」

烏拉拉的膝蓋毫無偏差地擊中烏霆殲的下顎，烏霆殲的頭髮瞬間揚起，可見烏拉拉以全身體重乘上加速度的力道，多麼可怕。

雷霆萬鈞，但烏霆殲卻沒有一絲一毫動搖。

舉起拳，朝死命咬住自己的烏拉拉掄去。

「爸會知道的。在你生日那天，我會解開你所有的枷鎖，到時候你就可以盡情發揮。那時……爸會知道你是一個多麼令人驚嘆的獵命師。」

「真的會是那樣麼？」

「當然了。我早就知道你生日會發生什麼事了，要牢牢記住這點，然後……拚了命也要相信我，知道麼？」

「知道了。」

□

烏拉拉撞上簡陋的天花板，擊碎月台上唯二的兩條日光燈之一。

然後墜落。

紳士哭泣，幾顆斷牙劈劈啪啪掉在牠的身邊。

烏拉拉大字形躺在地上，張大嘴，兩眼無神地看著天花板，僅剩的一盞日光燈。

剩下的這盞日光燈忽明忽滅，空氣中瀰漫著破碎天花板降下的細石灰粉。

不知是因肌肉過度疼痛引發的痠，還是想起了什麼，烏拉拉看著日光燈的眼角，流出兩行淚水。

烏侉別過頭，不去看。

就連郝戰也低下頭來。他雖然不覺得烏霆殲的實力搆得上「傳說中天才」的邊，但他還是不忍目睹烏霆殲殺了親弟弟的一幕。

從來就沒有一場子嗣爭殺，能夠讓人從頭到尾完整看個清楚。這場也不例外。

「還有什麼招式？」烏霆殲冷冷說道，身上還冒著剛剛被大火襲擊的焦煙，就像一個永遠不可能被擊倒的鋼鐵男子。

紳士嗚咽著，抗議剛剛發生的一切。走到烏拉拉身旁，窩著。

烏拉拉起身，身子還是歪歪斜斜的，因可怕的暈眩感無法保持平衡。

不是巧合。

剛剛他被哥轟上天花板，撞碎日光燈，一點都不是巧合。

這對兄弟，在許多城市中彼此追獵、拚鬥了不下數百回。

他們剛剛互相搏命的每個動作，每次倒下，全都沒有巧合。

□

「如果沒有別的花招，我就要殺死你了。」烏霆殲一個定神，氣息凝斂，身上的焦煙瞬間消失。

烏拉拉一個後空翻身，想要倒立，但左手剛剛撐住地面，卻又立刻因暈眩未褪而滑稽地摔倒。

但沒有人笑得出來，甚至暫時將頭別了過去。

烏拉拉一連又試了三次，最後才勉強單手撐住身體，雙腳軟弱無力空晃。終於擺出他最擅長的戰鬥起手式。

「我……我不會手下留情的。我一定要活下去。」烏拉拉虛弱無力地說。

這句話聽在圍觀的父親與三名祝賀者的耳中，其實是解開兄長殺死自己後，一定會背負的內疚枷鎖的善良鑰匙。

「下定好決心的話，儘管放馬過來。」烏霆殲全身散發出一股極具壓迫力的氣，冷冷說道：「還記得我教你的三大法則？一股勁通通用在我身上吧。」

烏拉拉點點頭，「千軍萬馬」的氣虛弱顫抖。

「還記得我們聯手的三大法則？」

「嗯，第一，要活下來，不然你會殺死我。第二，不是盡力，是一定要做到。第三，任何有智慧的東西都可能錯判，狼會，人會，沒有人不會犯錯。」

「很好。」

在剛剛不停的摔倒過程中，眾人不忍觀看時，烏拉拉已經將大明咒瞬間寫畫在撐住地面的左手掌上，慢慢等待光能量匯聚到無法壓制的程度。

烏霆殲身上的氣越來越猖狂，集中在雙掌上的殺氣尤其驚人，就連擁有「斬鐵」命格的胡求也露出肯定的表情。

倒立的身體微晃，烏拉拉凝視著哥哥的眼睛。

原來，從某一天開始，哥哥就已經知道今天會發生的事。

從那個時候開始，哥哥就一直爲了等一下所要發生的事情做準備。

不讓他知道，也一定是爲了讓他有最自然的情緒演出。

剩下的，僅僅是信任，以及因信任而產生的三大法則。

要活下來。

任何人都會錯判。

不是盡力，是一定要做到。

「仔細看著我的眼睛。我的瞳孔連續縮小三次，就開始所有動作。」

「是，好神祕的暗號。」

昏暗閃爍的月台，沉默哀傷的氣氛。

所有人都等待著哥哥殺死弟弟的最後一擊。

除了……

烏霆殲的瞳孔縮小一次。

烏霆殲的瞳孔縮小兩次。

烏霆殲的瞳孔縮小三次。

烏拉拉左手一彈，整個月台瞬間淹沒在山洪爆發的白光中。

烏霆殲與烏拉拉的身影隱沒在奪走眾人視力的光海，一齊衝出。

接下來的動作，全是精準無比的狂飆分鏡！

第90話

兩兄弟先是在半空中會合，烏拉拉倏地將「千軍萬馬」拍印在哥哥身上，隨即飛欺到胡求身旁，快手一閃，空氣中紅影破散，奪走了胡求長年困在身上的「斬鐵」。

烏拉拉落地，一手抓著高速震動的命格，一手爆破似的血紅。

胡求大駭，伸手摸著溼溼滑滑的脖子。

白光乍現，作戰經驗豐富的郝戰並沒有驚慌失措，立刻閉上眼睛。

但，郝戰並沒有多餘的閒暇「感應」敵人的位置。

因爲烏霆殲的拳頭已經從天而降，狂霸劈向他的頭頂！

「有種！」郝戰冷笑，飛地舉臂相架。

可惜，這次烏霆殲並沒有「刻意留力」，而是百分之百的最佳狀態。加上了「千軍萬馬」的奇命氣魄，這一拳強凌落雷！

匡！

郝戰瞪大眼睛，橫架在頭頂上的手臂崩碎，雙腳陷破地板。

烏侉與尤麗閉著眼睛，摸索著朝烏霆殲與郝戰對決的方向衝來。

烏霆殲高大的身影還懸在半空，大喝一聲，雷霆萬鈞的火炎轟向烏侉與尤麗。

同樣是火炎掌，對烏侉絕對起不了什麼決定性的傷害，也奈何不了被氣旋包圍的尤麗，卻爭取到再給郝戰一拳的機會！

「不可能！」郝戰暴吼，強忍痛苦，用僅剩的鐵掌朝「一片空白」劈去。

生死交關，毫無比拚氣魄的必要，早習慣白光的烏霆殲輕鬆躲開郝戰瞎猜的攻擊，一踏步，朝郝戰的心窩重重轟去。

沒有讀秒的必要。

郝戰像稻草人般，在沒有盡頭的月台裡茫然地飛著。

不受白光影響的烏拉拉，一瞬間來到了尤麗身邊。

尤麗尚未習慣白光貫眼的世界，但她已本能地招架烏拉拉狂風暴雨的突擊，儘管還是挨了不少拳拳腳腳，卻是無礙。

此時烏拉拉的速度，比起剛剛與烏霆殲對打的速度，還要快上三倍！

尤麗完全明白是怎麼一回事了。

從一開始，這兩兄弟就沒打算殺了對方。

眞正的目標，一直都是監視這場荒謬殺戮的四人。

白光已經消褪大半，月台上的大火依舊。

「嵐破！」

尤麗三叉戟流轉，身上的氣旋順著奇門兵器射向模糊的烏拉拉，就像橫向飆轉的小型龍捲風。

烏拉拉快速躲開，氣旋從一旁掠過，攪進背後的隧道壁，爆破。

但烏拉拉並沒有閃掉，父親從大火中穿出的一掌。

「嗚！」烏拉拉胸口翻騰，背脊撞上月台石柱，口中鮮血狂濺。

烏侉的「居爾一拳」尚未完全修煉成功，但關鍵性的力量已不可估計。

「再見了。」尤麗的三叉戟跟上，精準地對準無法動彈的烏拉拉的喉嚨。

颯。

「走開！」

啪答。

一隻斷手摔落在柱子下，鮮血淋漓。

烏霆殲單手抱著奄奄一息的弟弟，威風凜凜地蹲跪在軌道上，看著月台。

白光已完全消褪，隧道裡所有一切清晰可辨。

胡求抓著自己的脖子，姿勢詭異地趴在血泊之中。一動不動。

郝戰倒在距離戰場二十公尺遠的地方，胸骨彎彎折折亂七八糟。整個壞掉。

烏侉神色複雜，尤麗擦去嘴角的鮮血。

紳士傻愣愣地看著同樣呆掉的小小貓。

「你做得很好。接下來的部分就交給我了。」烏霆殲將烏拉拉放在鐵軌上，在遭截斷的右手腕上塗寫凝血咒。

爲了及時搶救烏拉拉，烏霆殲犧牲了右手掌。

但那又怎樣？

「你該不會以爲，眞的可以逃過吧？」月台上，尤麗瞪著鐵軌上的烏霆殲，殺氣爬升到凍結空氣的地步。

撇開一旁的烏侉，一對一，她也不是現在的烏霆殲所能匹敵的。剛剛郝戰的死是大大低估烏霆殲的力量，而胡求的瞬間陣亡，更是白光的突擊奏效。

現在，才是眞正的戰鬥。

尤麗的殺氣裡夾帶著濃烈的妒意，她手中的鋒利神器兀自顫抖。

「抱歉，我必須殺死你們。這是違反崑崙誓約的唯一下場。」烏侉深深吸了口氣，身上的氣全部內斂閉鎖，精氣被千錘百鍊的筋骨裹住。

這是烏侉作爲獵命師的立場。

烏霆殲嘴角微揚，接下來不管是生是死，他都沒有遺憾。

從他多年前在黑龍江因好奇偷偷跟蹤烏侉，不意瞥見父親擔任祝賀者的一場死亡生日，並聽得片片段段的眞相後，他就陷入無可救藥的頹喪。直到那一天……他決定提前教導弟弟獵命術的那一天。

如果弟弟還能戰……

如果這個獵命速度，比自以爲是的尤麗還要快的弟弟，還能戰……

「殲兒，你贏不了的。」烏侉沉重地說，看著他刻意留下的孩兒。

只見烏拉拉抓著烏霆殲的斷手，奮力撐起身子。

然後倒立。

「加上我，就可以贏了。」烏拉拉咬緊牙關，這次是眞的搖搖晃晃，說：「哥……我們要一起活下去。」

是啊，差一點忘了，無論如何都要活下去。

烏霆殲突然哈哈大笑：「哈哈哈哈哈，你們看看，有這樣的弟弟，是不是很值得賭上兩個人的性命！哈哈哈哈哈哈！」

笑到，連眼淚都豪邁得流下來了。

千里仇家一線牽

命格：機率格

存活：兩百五十年

徵兆：無端端遇見記憶中討厭的人，或連續幾天在夢中看見憎恨的對象。

特質：只要專心致志，用恨意刺激腦下的磁石腺體，以求與仇家的磁石腺體產生共鳴，距離不限，時間無礙。巨大化的恨意能夠幫助宿主找到仇家。如果曾與仇家打過照面或甚至深刻相處過，命格產生的能量便會越強。

進化：若尋到仇家，卻沒有能力報仇，則可能突變成「邪蛹」，以取得力量；若報仇得逞卻無法平息仇恨之心，則會演化為「此恨綿綿無絕期」。

〈續四面楚歌的逆擊〉之章

第91話

深夜。

營團地下鐵日比谷線，東銀座站Ａ３出口附近，某間昏昏暗暗的小租書店還不肯打烊。

烏拉拉日語的日常會話還不錯，但閱讀能力只有粗淺的程度，所以烏拉拉喜愛從各式各樣的讀物修習他的閱讀能力。當然了，漫畫是烏拉拉最好的選擇，二十四小時營業的租書店更是深夜不眠的窩身之處。

此刻烏拉拉正翻著他最喜歡的經典漫畫，《二十世紀少年》。

這套得了許多科幻大賞的熱血漫畫在幾年前就完結了，但烏拉拉總是翻不膩，偶爾就要重頭回味一遍。漫畫裡頭幾個渲染力很強的句子，早已深深印在烏拉拉的腦子裡。

如果有一天，能找到擁有共同雄心壯志的夥伴，襯映著義無反顧的背景，朗誦出裡頭的經典台詞，該有多好？烏拉拉想到這裡，自己就笑了出來。

將*20th Century Boys*最後一集放回櫃子，烏拉拉走到櫃台前。

櫃台後，一個戴著眼鏡、梳著馬尾的高中女生，正聚精會神地看著尾田榮一郎最新的連載「Final Destination」。繼《惡魔果實》後，尾田大師又開創了新的超能力形態。

應該把獵命師這種屌翻了的異能設定告訴尾田，畫成很了不起的漫畫吧？肯定會瘋狂大賣！烏拉拉心中嘀咕。

但隨即搖搖頭。

不，獵命師的故事充滿了陰暗又晦澀的拉扯，這樣扭捏的橋段尾田大師一定不會接受的。

所以還欠了個結局。

「欠了個，正義戰勝邪惡的超熱血結局。」烏拉拉深呼吸，精神一振。

就是這麼一回事。

不過在實踐這個熱血結局之前，這位年輕的準英雄還有很多事情要做。因爲一個好的漫畫故事，不可能只有打打殺殺，血噴得到處都是。還要有更多更多的美好元素綿密在裡頭。

例如……

「神谷同學，最近還有什麼好看的漫畫麼？」

烏拉拉在櫃台前翻看，搭訕著打工的馬尾女孩。

馬尾女孩還是沉浸在漫畫的世界裡，眉頭有點糾結。不知道是劇情太吸引人，導致不想理會烏拉拉，抑或是太過專注，根本沒聽到烏拉拉的招呼。

烏拉拉也習慣了。在短短的時間裡，他造訪這間漫畫店二十六次了，對這位胸前掛著名牌的神谷同學一貫的冷淡，他見怪不怪。

甚至，他沒聽過神谷說過一句話。這樣的挑戰實在太迷人了不是？

「對了，我沒交過女朋友，有沒有哪一種漫畫在教怎麼交女朋友的啊？」烏拉拉的食指與中指像兩隻腳，慢慢爬閱著放在櫃台前剛剛歸還的漫畫。

神谷同學頭沒抬起，隨手往那排漫畫前一點、一點、又一點。

「《電車男漫畫版》、《好逑雙物語》、《去吧！稻中桌球社》……喂！不是吧？《稻中桌球社》是去死去死團的聖經耶？」烏拉拉順著神谷同學的手指念道。

神谷同學還是沒抬起頭，拿起桌上的飲料罐，就著藍色的吸管咬。

一根吸管早已被咬得歪七扭八。

多麼可愛的習慣吶——烏拉拉心道。

也不知道是怎麼回事，烏拉拉對冷漠的神谷有種奇怪的好感。或許是因爲哥哥的關係，烏拉拉偏執地認爲冷漠的底層，一定孕育著比常人更奔放的熱情，跟眞誠吧。

不過，也許重點根本不在於上一段心理學式的破爛分析。更可能的是，烏拉拉根本就是徹頭徹尾的馬尾控❷。

所以烏拉拉絕不輕言放棄。

「妳蠻有個性的耶。」烏拉拉笑。

「……」

「街上不是有很多教人家怎麼談戀愛的小冊子嗎？上次我看到裡面有個理論，說女孩子越不理你，你就越有機會，因爲女孩子都喜歡被追，喜歡看男生不屈不撓地追求自己。如果一下子釋放太多善意的話，戀愛就太沒意思了。」烏拉拉搔搔頭。

「……」

暗示得這麼明顯，還是不管用？

烏拉拉不氣餒，決定採取另一種策略。

「說到書，我最近買了一本書，叫《超簡單！你也可以學會超能力！》，怎麼樣？聽起來就超屌的吧！裡面還有在教人怎麼從腋下噴火喔！腋下喔！」烏拉拉呵呵笑道，希望白爛的內容可以讓神谷同學有點反應，即使是在肚子裡暗笑也好。

但沒有。

戀愛是殘酷的。

還沒開始的戀愛，更是殘酷到爆。

也許該去街上獵個什麼「戀愛達人」、「我不尬意告白失敗」之類，搭訕必備的佳命吧？

「看來今天還是失敗了。對了，妳會不會討厭我啊？」烏拉拉很認眞地看著神谷同學。

神谷同學還是專心地看著手上的漫畫，然後持續咬著快要爛掉的吸管。

「不可以討厭我喔。」烏拉拉搔搔頭。

東京的夜貓子不少，在剛剛窮極無聊的對話間，一樓已經滿座。

拿了兩本漫畫《刃牙》跟《死亡筆記本》，自己在會員刷卡機上用卡片一刷，烏拉拉有些喪氣地往漫畫店二樓走去。

❷馬尾控，正式的學名是迷戀馬尾症候群，不可自拔對綁馬尾的年輕女孩產生甜美的幻覺，是一種無可救藥的病態。目前尚無可靠的療法。由於病友眾多，在國際間擁有非常蓬勃的組織「International Hair-tail organization」，榮譽會長是Giddens。欲申請入會，請洽www.Giddens.idv.tw報名。

疫往情深

命格：情緒格

存活：一百五十年

徵兆：對事物莫名其妙的執著，例如染上政治狂熱，或是義無反顧沉浸與明星的虛幻戀愛，或是熱衷蒐集錢幣或郵票等，旁人的勸阻只是逆向地助長宿主的熱情。

特質：執著的力量，偶爾可以產生成功的奇蹟。但宿主大多數的狀態，只是呈現神經質的執著。作戰對陣時會偏執某種招式或戰術，拘泥的結果不是驚嚇敵人，就是陷入泥沼。

進化：鬼念、居爾一拳（修煉格命格的完成之路，有非常多的途徑）

第92話

一上樓，烏拉拉就感覺到空氣裡有股不尋常的擾動。

那擾動的意念很矛盾，也很複雜。有焦躁不安的緊張感，有內斂的無奈。

如果矛盾失卻了焦躁的平衡，危險的擾動就會停止，變成實際的行動。

幾個打算不眠不休飆漫畫的大學生各自陷在沙發裡，腳下的空可樂玻璃罐越堆越多，桌上的菸灰缸盛滿用來去味的咖啡渣，也躺滿了乾癟萎縮的菸頭。

但這些重度上癮的漫畫迷，對約莫五十坪空間裡蘊藏的危機毫無所悉。

烏拉拉很快就發覺了問題所在：一個非常胖的傢伙，獨自佔據了一整張沙發，沙發上放著兩個打開的比薩盒，手裡拿著一塊比薩，嘴裡咬著一塊比薩，肥腫的腳旁堆著各式各樣的空飲料瓶罐，剛剛顯然大吃特吃了一頓，而且還沒結束的跡象。

但胖子的眼睛早已無法全神貫注在漫畫上。

胖子的眼睛，焦躁地落在另一張放在角落裡的黑色沙發，一個滿頭紅髮的高瘦男子。

紅髮男子戴著墨鏡，手裡捲了一本泛黃的《灌籃高手》，神色頗爲無奈。想必是感受到了死胖子眼神的壓力，想要低調不予回應，卻又沒有選擇。

「兩個，都是吸血鬼啊。」烏拉拉搔搔頭。

而且，還是兩個不對盤的吸血鬼。

烏拉拉絕對不想造成神谷同學的困擾。

如果在這裡打起架來，先不說極可能誤傷通宵看漫畫的夜貓子，光是硬體的損失就夠糟糕了。萬一害了辛苦打工的神谷同學丟掉飯碗，神谷同學一個想不開，跑去當援交妹還是拍素人A片的話，怎麼辦？

於是烏拉拉走向紅髮男子。

本能地，烏拉拉覺得紅髮男子似乎在竭力避免衝突，應該可以溝通。

烏拉拉拿著漫畫站在紅髮男子前，一動不動，打量著他。

「你是獵人嗎？」紅髮男子墨鏡後的眼睛更無奈了。

口音有些奇怪。

「不算。」烏拉拉。

「不算的話，那你可不可以幫我跟坐在那裡的豬溝通一下。」紅髮男子聳肩，示意自己可沒打算動手。

「你的口音不像本地人。」烏拉拉歪著頭。

「你也不是。」紅髮男子不是很想搭理。

「我去的話，你願意好好看漫畫，其他什麼也不做麼？」烏拉拉問。

他並沒有要求眼前這位吸血鬼立刻滾蛋，或是說什麼限你幾秒消失在我的視線內這樣的屁話。因爲烏拉拉注意到，紅髮男子手中拿著的是《灌籃高手》第二十集。

據印象，這一集*SlamDunk*的內容，是湘北高中與陵南高中爲了搶最後一張IH全國大賽的門票，拼鬥到最關鍵時刻的一集。逼迫看到第二十集的人……或吸血鬼拔起屁股離開漫畫店，根本毫無道德可言。即使早重看了好幾遍。

「我不喜歡你說話的態度。」紅髮男子。

「……」烏拉拉皺眉，原以爲已經做出不錯的讓步。

「不過算了。我接受。」紅髮男子翹起腳，不再理會他。

挺有個性的吸血鬼嘛。

烏拉拉轉身，想去跟死胖子吸血鬼溝通溝通時，卻突然猛拍自己的腦袋。

「你看起來很會把妹耶。」烏拉拉回過頭來，沒頭沒腦來上這麼一句。

「一般般啦。」紅髮男子隨口答，看著漫畫。

「以後也會常來這間漫畫店麼？教我兩招吧？」烏拉拉認真。

「……你打擾到我了。」紅髮男子不耐。

烏拉拉只好悻悻離去，依約迎向另一雙充滿不確定意念的眼睛。

從剛剛，死胖子吸血鬼便一直豎耳傾聽烏拉拉與紅髮男子的對話。所以他很清楚烏拉拉走過來的含意。

「……」死胖子吸血鬼看著烏拉拉，嘴裡沒有停止咀嚼的貪婪動作。

烏拉拉瞪大眼睛，下顎漸漸鬆脫。

「狩？」烏拉拉駭然。

死胖子吸血鬼嘴角微揚，表情有些得意，有些侷促。

「不是吧？」烏拉拉不敢相信，才幾天不見，那個瘦弱孱小國中生模樣的狩，就已經吃成一頭大肥豬了。

「是啊，幾天不見了。」狩胡亂將手裡的半塊比薩片塞進嘴巴裡，另一隻手不動聲色將大屁股旁的比薩盒給蓋住，不讓烏拉拉看見裡頭還有沒吃完的蟹肉海鮮比薩。

「我勸你還是別動歪腦筋。看你現在這副模樣，應該活得挺不賴的才是。人要知足，吸血鬼也是。當吸血鬼嘛，有得吃就行，別整天學人家打打殺殺的。」烏拉拉說得輕鬆，卻省下了一句心照不宣的話沒講。

如果被我看見你露出吸血鬼的牙，我毫無疑問將把你殺掉。

「……」狩大口灌著可樂。

要血漿？到處都可以找得到。而且這世界上有太多東西，好吃的，非常好吃的，跟非常非常好吃的，每一樣都等著他去吃。

要像以前那樣胡亂殺人，眞的是沒那個時間。

「你也是戰鬥經驗豐富的吸血鬼了。先不說你現在沒辦法從嘴巴裡拉屎，就算可以，你也打不過那個紅頭。」烏拉拉用討論的語氣。

嘴巴這樣說，卻是向戰鬥經驗豐富的狩徵詢看法。

「他不是日本吸血鬼。」狩瞇眼。

「我也聽出來了。」烏拉拉。

狩警告：「鬼鬼祟祟到東京，不知道肚子裡藏著什麼壞水。總之味道不對。曾經身爲十一豺，我必須警告他離開，否則我就要通知我過去的同伴，問問他來這裡的理由。」沒有否認烏拉拉的觀察。

「曾經？你已經不是了麼？」烏拉拉。

「不是了。我老闆叫我愛幹什麼就幹什麼，他們另外找時間辦個比賽選出新的殺手，代替我在十一豺的位置。」狩說，吸吮著沾上醬汁的手指。

他口中那位聽起來隨便行事的老闆，自是牙丸禁衛軍的副隊長，阿不思。

「喔。」烏拉拉有些躊躇，但還是開口：「大家都是愛看漫畫的同道中人，加上樓下那個很可愛的店員是我喜歡的那型，你在這裡開打，不是很好吧？以後她沒工作了，我養她啊？」並不想眞的威脅狩。

畢竟狩已經知道自己不行了，才會一直遲疑要不要像過去那樣戰鬥，卻礙於感受到紅髮男子不是泛泛之輩，故進退兩難。對於已變成一頭豬了的狩，善良的烏拉拉不認爲有用威嚇性言語刺傷他的必要。

「隨你便。」狩哼哼拿起漫畫，說：「叫他別在附近亂來，我也不會過去動他。」又喝空了一罐重量杯的超大可樂。

烏拉拉笑笑，想找個乾淨的沙發坐下，東張西望。

「大概第八。」狩看著漫畫，是美食的經典《將太的壽司》。

「嗯，謝啦。」烏拉拉頭也沒回，只是揮揮手。

狩並沒有忘記，要告訴自己他在十一豺之間的實力排行。

烏拉拉精挑細選，在個一抬頭就不可避免看見斜對角上班族熟女走光大腿的位置坐下，開始翻手上的異種格鬥漫畫《刃牙》。

兩個吸血鬼，一個獵命師，就這樣相安無事過了一個小時，各自活在小小方格的黑白圖畫裡，誰也不打擾誰。期間狩還打了一通電話，叫了大阪燒的深夜外賣。

牆上的時針走到凌晨三點零六分。

紅髮男子打了個呵欠，看了看錶，有些詫異地皺眉。終於起身，看樣子是要趁天亮前回到投宿的地方。

狩連多看他一眼都懶。

「保持神祕。」紅髮男子下樓，經過烏拉拉的時候突然開口。

「保持神祕？」烏拉拉一愣，這才想起他要這個酷男傳授一兩招把妹的技巧。

「每次都能讓對方揭開一點自己，卻又要保持新鮮的神祕。」紅髮男子慵懶地解釋，踩下階梯就走了。

第93話

神祕啊……太深奧了。

烏拉拉想了想，認眞想了想。

剛剛獨自去逛大街的紳士不知從哪裡溜出來，無聲無息來到烏拉拉的腳邊，瞇著眼睛磨蹭。烏拉拉伸手按摩紳士的頸子。

十分鐘後，烏拉拉也下樓。

將漫畫放回原處，烏拉拉走到他光明正大暗戀的神谷同學旁，神谷同學已經沒在看漫畫，而是在做學校的參考書習題。一貫的專注。

紳士抬起頭，看著牠笨拙的主人。

烏拉拉若無其事地說：「咦，這麼晚了？渴了吧？店裡都是汽水那類的飲料，一直喝實在不健康。妳有想喝什麼嗎？我去買。」

神谷同學沒有理會。烏拉拉這番說詞實在了無新意。

「如果介意我請客的話，可以把錢給我啊。我只是方便。」烏拉拉用很無聊的對話，醞釀著等一下的「神祕」。

神谷同學還是專注地看著參考書上的數學式子跟三角圖形，唯一可辨識的反應，就是手裡抓著一罐喝到一半的可爾必思，搖了搖，用咬到快爛掉的吸管勉強啜了一口。算是答案？

烏拉拉注意到櫃台後，有一台簡單的塑膠打火機。

「有沒有火，借一下？」烏拉拉愁眉苦臉，卻沒有從懷中拿出香菸，只是伸出手。

沒有習慣抬起頭的神谷同學，果然只是拿起打火機，下意識地平舉，點火。

烏拉拉的手指靠近打火機上的廉價火焰，一個凝神。

「啊！怎麼會這樣！」烏拉拉大叫，手指冒火。

神谷同學一個大驚，轉頭看見烏拉拉捧著「著火」了的右手食指，驚惶失措地猛甩。

猛甩，可是那捲上手指的火焰卻沒有平息的跡象，反而擴大到整個手掌，將血肉包困在紅到發青的火裡。

神谷同學沒有多花一秒鐘在呆看上，她果斷地拿起角落的滅火器，想拔開拉掣，卻因爲滅火器太久沒有使用，拉掣拴得特緊，神谷同學一時打將不開。

這女孩子，百分之百嚇壞了。

「快拿刀來！把我的手砍掉！不然這火爬過來就糟糕啦！」烏拉拉五官扭曲，語氣痛苦，左手抓住右手上臂，將著火的右手遞到不知該如何是好的神谷同學面前。

砍掉？神谷獃住。

「要不然就吹一下！吹一下！」烏拉拉痛到眼淚都快流出來了。當然是假的。

吹？吹一下？神谷嚇壞歸嚇壞，卻沒有浪費時間在理解烏拉拉毫無邏輯可言的荒謬要求上，拿起可爾必思就往烏拉拉的火掌上倒下。

當然沒用。

烏家的火炎掌如果可以被區區可爾必思給澆熄，那也甭混了。

「我叫妳吹一下！吹一下就比較不痛了！」烏拉拉痛到膝蓋都彎了，渾身大汗。紳士抬頭看著耍白爛的主人，眼睛裡塞滿了問號。

神谷六神無主，只好依言往烏拉拉的火掌一吹。

熄了。

神谷愣住。

烏拉拉也愣住。

紳士的鼻孔則不屑地噴氣。

「妳……妳是怎麼辦到的？」烏拉拉搶先開口，語氣錯愕到翻掉。

「……」神谷怎麼可能知道。

明明就是烏拉拉要她吹一口氣，莫名其妙地，火就這樣熄了。

這一口妙到毫顛的氣，讓神谷完全忘記烏拉拉的手是怎麼被打火機給燒起來的。

「看起來完全沒事耶！」烏拉拉讚嘆不已地看著沒有損傷的右手，左翻，右翻，上看，下看，竟是一點燒燙傷的痕跡都沒有。廢話。

神谷的眼神充滿要命的困惑，脖子都歪了。但隨即醒悟似的，猛然低頭，專注在她的數學參考書上。

烏拉拉笑笑，不以爲意。

都已經做到這樣了。在女孩應該異常好奇的時候，卻極度壓抑的冷若冰山，一定有某種欲擒故縱的戀愛暗潮在。不可能毫無感覺的，是吧？

「剛剛眞是多謝了。」烏拉拉甩甩手，一臉逃過一劫的慶幸。

即使神谷畫在參考書上的筆沒有顫抖，烏拉拉卻聽見神谷的心還在劇烈跳動，根本沒有平復。神谷在想什麼呢？在想自己爲什麼會突然著火？還是表演魔術？還是剛剛發生的一切都是只要有心，人人都可以看見的幻覺？

無論如何，所謂的神秘感，應該已經種在神谷對自己的印象了吧!?

「歡樂的時間總是過得特別快，又到了時間說掰掰。下次我不小心著火了，再請妳幫個忙囉。」烏拉拉笑嘻嘻地，露出一口白癡的牙齒。

烏拉拉離去。

□

冷冷清清的大街上。

「我好像不夠強呢。」烏拉拉不知怎地，想起了那只幾乎將自己的臉砸碎的刃球，有感而發。

「喵。」紳士應了聲。

「應該跟哥一樣，找個變強的怪招？」烏拉拉看著紳士。

「喵。」紳士。

□

三分鐘後，神谷終於抬起頭。

神谷走到店門口往外一探，確定烏拉拉的身影越走越遠後，才將手挪到櫃台後的電腦上，在搜索引擎裡輸入「人體自燃」四個字。

死亡連鎖

命格：集體格

存活：六百年

徵兆：不小心租到看了後第七天會死的怪異錄影帶，不意接到通知三日後死訊的手機來電，恍惚間住進常常死人的凶宅，或在朋友鼓吹下開始玩見鬼的遊戲。

特質：窮凶極惡的命格，以快速的「死亡規則」殘殺宿主為樂，吸啜宿主的恐懼成長。如果掌握了死亡連鎖的能量動性，宿主將可製造出特有的詛咒物，代價是宿主自身逐漸妖化。

進化：無，依照存活積累的能量終於成妖。

第94話

有一種人，叫做英雄。

英雄，始終不是從眾的。

必定背負著某種包袱，並從困難的步伐中照見昂藏的勇氣。

凌晨兩點二十一分。

烏霆殲坐在大貨櫃車的鐵皮蓋上，兩腿盤坐，閉目養神。

在那瘋狂的一夜，香港不知名的地鐵月台上，他失去了獵捕命格的右手。

但卻不礙他攫取命格。

烏霆殲另闢蹊徑，練就了更快速的獵命方式……「吃了它」。

藉著苦練，烏霆殲能夠像蛇一樣，將下顎的六塊骨骼鬆卻，肌肉賁然擴張，露出足以噬食命格的巨嘴。至於更重要的部分：融煉異種命格，則是烏霆殲苦思、推敲、不斷琢磨後的「獨創」。

父親烏侉在還沒被自己跟烏拉拉殺掉前曾經說過，獵命師中存在著一群體質特異的人，能夠將命格封鎖在自己的身體裡，然後用自身的修爲將命格既定的形體打破，化成單純的能量，這個過程叫「融煉」。

而這些極其稀有的特異者，就稱爲煉命師。

□

「融煉？」烏霆殲。

「也就是將命的特質，如天命格、集體格、機率格、情緒格，修煉格也一樣，用類似內力的能量去擠壓、然後壓碎，讓命格不再具有原先的象度，只剩下純粹的能量。」烏侉。

「純粹的能量？」

「一百五十年的命格具有一百五十年的能量，依照煉命者的經驗與能力，扣除在融煉過程中流失的部分，大概會剩下八十到一百二十年的能量。這些能量將為煉命者所用。」

「聽起來還是很划算。要變強，這是最快的方式了吧。」

「變強沒有捷徑。這種煉命得來的能量，因為是破壞了命格的既存架構所生成的，所以並不穩定。倚靠不穩定的能量，往往會反噬自身。尤其是一些偏向凶厄的命格，能量也是極度負面，對宿主會產生很扭曲的影響。」

的確。

天底下每一個東西都在修煉，只是有沒有意識而已。

命格之生成有很多種原因，但殊途同歸，都往成精化仙的路邁進，特別是在命格成長到具有自身意識之後，那種追求成精的慾望更無法比擬。命格一旦被煉命師毀掉了獨特的形態，只剩下所謂的「道行」，那破碎無法清除的部分，如怨念，將成為煉命師的業障。

一個元神失守，輕則困頓無序，重則發瘋成魔。

「那是宿主不夠堅定的關係。」烏霆殲。

「……原本煉命師的數量並不算少，但發瘋、自殺、被怪命奪舍的人越來越多，幾十個世代過去，煉命師就銷聲匿跡了。這跟宿主堅不堅定沒有關係。」烏侉。

「喂，那你辦得到麼？」

「……我剛剛說了，煉命師的體質特異。」

□

體質特異？烏霆殲可不這麼認爲。

凡事都推給預先註定好的限定條件，是孬種的畫地自限。

所以烏霆殲在失卻了右手掌後，山不轉路轉，乾脆用硬吃的。爲了讓行動更快速，不想搭檔累贅的貓，烏霆殲就培養更強的直覺與嗅覺，不靠靈貓覓命。

同樣道理，要在短時間內讓自己變強數倍、數十倍，烏霆殲便開始思索，將命格強行「破壞」，可以用什麼辦法？

父親說過，煉命師用一種類似內力的東西去擠壓體內的命格至粉碎。那麼，類似就類似吧。烏霆殲用強大的內力、配合火炎咒的經脈自焚術，極冒險地對抗體內的命格，施加壓力，直到命格神形俱滅。

這種暴力方法形同作戰，而且修羅戰場就在自己的體內。過程中烏霆殲必須忍受極大的痛苦，筋脈震盪損傷，意識撕裂，幾乎是必然發生的。熬過了放棄的念頭、或在鬼門關前徘徊，烏霆殲總算掌握了土法煉命的技術。

亂七八糟解決了煉燬命格的問題，就輪到了「選擇」。

烏霆殲很快就發現，即使命格只剩下能量，能量還是存在最基本的「正」與「邪」兩個象度，這兩種不同象度的能量並不能共存，且會相互抵消，以致前功盡棄。在無力排除能量相互抵消的障礙下，烏霆殲只能鎖定其中一個方向的命格發展。

烏霆殲觀察到，自己在煉燬凶厄種類的命格時，比較不會流失命格的能量，能量積貯在體內的比例較高。

「大概是跟我的本性接近吧？」烏霆殲自嘲。

更關鍵的是，不知是不是佛家說的末法沉淪時期，或是基督教說的假基督降世、審判將至，在大城市間負面能量的命格最多、最活絡，找起來比較方便。

所以烏霆殲決定蒐捕厄命，在體內快速積累鬪殺東京地下皇城的本錢。

第95話

「怎麼突然熱了起來？」

貨櫃車司機咕噥著，將冷氣開到最大，卻還是感到莫名的燥熱。

實際上，溫度並沒有實質的改變，貨櫃車司機之所以感覺到身心燥熱，純粹是受到擾流在空氣中的精神力量影響。

貨櫃車頂，夜風盤盤呼嘯。

烏霆殲表面上靜靜盤坐，但體內正竭盡所能，與異常凶暴的「天堂地獄」鏖戰，身體變成了一塊無形的燙鐵。

瀕臨瘋狂的兩個靈魂，烏霆殲的，「天堂地獄」的，都在狠狠咬噬著對方。一個不留神，烏霆殲的精神內在便會完全崩潰，被「天堂地獄」取而代之。這就是得到昂貴力量的昂貴風險。

但烏霆殲的意識處於瘋狂的邊緣，在與「天堂地獄」之間的煉毀作戰中處於下風。

他的記憶，還停留在剛剛與王婆對掌的那個悲慘畫面，那畫面不斷倒帶、重複播放，無法按下停格鍵。

根本不可能在一個獵命師對四個獵命師的情況下，和平地搶走任何東西。烏霆殲在不甚高明的跟蹤下，發動突襲，目標鎖定王婆的靈貓體內，代爲保管的「天堂地獄」。

「不能怪我。」烏霆殲緊握著左拳，齜牙咧嘴，頭髮幾乎要豎了起來。

再不專心，烏霆殲就會成魔。就算不成魔，他的情況也不會好到哪裡去。

□

「啦啦啦啦啦啦啦啦，殺胎人快進入隧道了。」

十一豺之一，優香。

耳上懸吊著藍芽耳機，騎著三汽缸重型機車狂飆，遠遠咬著大貨櫃車。

根據特別V組調動的都市監視系統及時回報東京都裡的「可疑異狀」，夜遊在東京城裡的優香因爲正好在附近，於是興致勃勃追蹤看看。果然有所發現。

「確定是那傢伙？」電話另一頭，阿不思。

「啦啦啦啦啦啦，看來不會錯，跟監視器裡拍到的一樣，一團讓人不舒服的黑啊。」優香哼著。

「妳一個辦得到嗎？」阿不思的語氣沒有勉強的意思。

「他好像受了重傷。」優香說，算是回答了。

「冬子在附近喔。」阿不思看著手中衛星定位的PDA手機。

「……吼，我只要一聽到那個賤貨的名字，品味就會開始降低了。我自己上，不行的話難道我還不會逃跑嗎？」優香皺眉。

「冬子、冬子、冬子冬子冬子……」阿不思的聲音樂得很。

「閉嘴啦，老闆妳有時候眞的很討人厭捏。」優香皺眉，皺到眉心都可以夾斷一枝鉛筆了。

「開玩笑的。」阿不思放下PDA手機，換了塊巧克力餅乾在手。

「對了，殺胎人跟前幾天的下毒事件有沒有關係？有關係的話，我可以把他打到半天爬不起來，再交給妳拷問。啦啦啦啦啦啦……」優香又開始搖頭晃腦。

「不麻煩嗎？」阿不思隨口問。

「還好啦，啦啦啦啦啦啦。」優香露出安全帽外的長髮，隨著狂風颯颯飄飛著。

「算了，殺了他吧。」阿不思坐在咖啡店裡，翻著時尚雜誌。

拷問？

眞是太不浪漫了……

妙手回春

命格：天命格

存活：無

徵兆：無緣無故瘋狂地想當醫生或護士。如果已經是醫療人員，一不留神就會成為萬人景仰的名醫，開刀開到手抽筋。

特質：宿主將自身的能量轉換成修補身體的營養與物質，以治療他人。宿主能量越大，治療效果越佳，甚至產生起死回生的神效。若要接續斷肢、更換臟器或血液等複雜醫療工程，則端視宿主的經驗程度而定。

進化：無

第96話

新宿，全東京最暴力的地區。

位於新宿東方，龍蛇雜處的歌舞伎町，裡頭大大小小幫派無數，不管是舉世聞名的日本山口組，或是總部根植美國的華青幫，還是縱橫香江的三合會，台灣的竹聯，大陸的大圈仔，全都在這裡各有天地。

其中金錢養分最肥沃的，莫過於五光十色的色情業。越夜，越淫蕩。

當然，強龍不鬥地頭蛇，所有的幫派都繳納昂貴的規費給山口組，讓火力強大的山口組再將維護夜店治安、賄賂警察的責任轉包給底下的暴力團。

即使並非座落在歌舞伎町裡頭，外圍的地帶也是黑道的附屬共生。

深夜的三越百貨後，幾個顯眼的外地人在路邊，或坐或站，神色焦惶，吸引了幾個帶著醉意的酒客注意。

「鬼鬼祟祟……」一個濃妝豔抹的出場酒女忍不住多事，撥了手中的手機。

鰲九蹲在地上，先將王婆的屍體審視了一遍。

「烏霆殲突然出現，一出手就往王婆的靈貓撈，我一個急，想攔住烏霆殲，他就一掌轟了過來……」書恩啜泣，但鰲九卻連看她一眼都懶。

王婆的眼睛已經闔上，乾涸的兩行血漬垂淌在臉頰上。嘴角隱隱含笑。

毫無取巧的空間。王婆爲了救書恩，情急下與烏霆殲硬碰硬對了一掌。想必是王婆來不及醞釀出最高的功力，烏霆殲的掌力排山倒海般摧毀了她的手腕筋脈，還將臂骨斷成了好幾塊，直到肩膀鎖骨都還是慘遭崩裂的狀態。

但這些痛苦仍不足以抵消烏霆殲霸道的雄渾一掌。

瞬間在王婆體內膨脹、橫衝直撞的眞氣，將王婆震得七孔流血，連皮膚上都是細細密密的無數紅點。要說唯一的幸運，就只有即刻斃命這點罷了。

「烏霆殲的實戰經驗，比我們都要多太多了。」孫超有氣無力地說，額上蒸蒸白氣，模樣十分辛苦。

孫超的感嘆，道盡了獵命師日薄西山的志氣。

除了長老專屬護法團，大多數的獵命師在人生某個階段，就會停止在暗處獵殺吸血鬼的活動。因爲各種心境上茫然的理由。

即使是像鰲九或風宇這樣的高手，如果沒有獲選加入以武鬥爲主的長老護法團，過了半百歲數，也會變成只修煉不戰鬥的「前輩」。享有年輕時期的如雷名聲，卻漸漸只剩下不知所謂的深厚功力。

四十分鐘前，在烏霆殲一招擊斃王婆、欲縱身奔離後，孫超立即神速用道家拳法「纏心訣」試圖拖住烏霆殲，卻被烏霆殲一招極爲霸道的突手，簡潔俐落地突破了漫天掌影。

然後又是硬碰硬對了一掌。

「烏霆殲想必也吃了不少苦頭。」鎖木看著彎彎曲曲的路燈柱，往旁一看，視線落在路邊嚴重砸毀的日產豐田汽車上，想像著。

……與王婆架了一掌，又隨即與內功深湛的孫超對轟，烏霆殲一個抵擋不住，腳離地，飛撞上一旁的路燈，又重重墜落在豐田汽車上，將倒楣的車子砸了個稀巴爛。

「雖然靠著飛身離地，卸脫了不少內勁，但還是受了重傷。」鎖木皺眉，心想：

「但以小樓的身手，即使追了過去，還是死路一條。眞不知道他在想什麼。」

鎖木一手貼在孫超背後，用自己淺薄的功力幫助孫超壓制烏霆殲殘留不散的掌力。

阿廟還是呆呆傻傻地坐在消防栓上，什麼也沒做，跟坐躺在地上、靠著路燈柱的美照子生屍，不分軒輊呆傻地彼此對看。

風宇又點了根菸，若有所思看著畸形的燈柱。

站在一旁的風宇並沒有幫孫超療傷。一想到又要跟烏霆殲交手，風宇就不想花費任何氣力在別的地方上。他要保存每一分的實力。每一分的實力，關係到能否衍生出十倍的運氣，總合起來，就是勝算。

岩漿感受到主人見獵心喜的氣息，身上的紅毛光澤閃閃。

「雖然沒辦法在理想的一對一下決鬥……但，總得趁那傢伙還記得自己名字的時候宰了，才有點意思。」風宇淡淡吐出煙。

風宇一直認為，烏霆殲距離自我狂亂僅僅是一線之隔。

越強，就越接近瘋狂。殺了個瘋子，一點成就感都沒有，因為瘋子受到挫折時，甚少會流露出自尊心崩潰的脆弱姿態。

「婆婆，死歸死，但妳可別以為這樣就可以安息，妳還要幫我們找到殺死妳的凶手。」鰲九扶起王婆的屍體。左手緊抓王婆，右手高高舉起，口中念念有辭。

仔細聽，依稀是梵文的腔調。穢土擒屍。

鰲九的家族在獵命師中，是赫赫有名的五大弄屍人之一，他們擅長的「化土咒」融合了江西道家「趕屍人」的符法，能夠牽引蘊藏在屍體中的「微能量」。

微能量的大小跟屍體的新鮮程度、完整性、死法有很大的關係。

人甫氣絕，腦子通常不會完全壞死，控制全身肌肉的神經束、神經元都還具有微弱的電流反應，所以屍體偶有受到靜電干擾，產生手指顫動、眼皮彈開、甚至拔身坐起等的情況發生，不知情的人還以爲是屍變，實則是科學現象。

關於微能量究竟是否包含一般說法中的「靈魂」，眾說紛紜，但這根本不是重點。重點是屍體不再是屍體，而是可以多重利用的工具。甚至是戰鬥的生化兵器。

當然了，饒富經驗的弄屍人還可以操作更高層次的微能量，讓屍體做出遠超過「還活著時」所能做出的動作。徒手貫牆，刀槍不懼，深海臥藏，十秒內完成百米衝刺……只要肌肉盡量完整黏附在骨架上。

弄屍人在歷史的黑暗面上佔有一席之地，操作可怕的不死人刺客軍團，常是深宮叛變的要角[3]。

對於獵命術的悟性並不特別突出，卻完美承襲家族弄屍咒術的鰲九，對於打擾死者已經很有自己的一套。他能夠回溯死前的記憶、引動體脈氣海中的內力，甚至激發屍體獨有的「第六感」。

「喂！醒醒！」鰲九大喝，咬破手指，在王婆的額頭寫下血字咒約。

但王婆只是微晃，脖子僵硬地嘎嘎旋轉。

「就讓婆婆好好安息吧，求求你……」書恩的淚水爬滿了臉。

書恩伸手，卻被鰲九墨鏡後的冷然眼神給瞪開。

「妳要是眞有心，就想法子幫婆婆報仇，而不是在那裡哭哭哭，哭個屁！」鰲九不講情面地瞪著書恩。

「可婆婆是爲了我……」書恩哽咽，又是伸手。

鰲九果斷地將書恩的手砸開，眼神掠過濃厚的殺意說：「我不管妳是殺了哥哥還是弟弟還是姊姊妹妹才能站在這裡，但，如果妳再打擾我叫醒這死老太婆，我一定殺了妳！」

書恩有些被嚇到，風宇卻只是陪襯性地笑笑。

「沒事幹的話，幫幫孫爺療傷吧。」鎖木總算開口。

他說的，當然是無所事事的風宇。

「不好意思。」風宇語氣歉疚地解釋：「我認爲既然要出手，就要對自己的動作負責。我無法認同孫爺的舉動，那完全是錯估情勢之下的更錯誤判斷。我以爲，孫爺的生命已經無礙，不該再佔用我們之間任何人的眞氣，包括鎖木你自己。不過，我也尊重鎖木你現在的做法，只要你承擔得起眞氣耗損的風險。」

「說了一大堆，你那裡不是有『妙手回春』嗎？快拿出來。」鎖木皺眉。

「說來還是抱歉。妙手回春是很珍貴的命，既然已決定要追殺烏霆殲，今天晚上我們之中的某些人還有可能會受重傷，必須好好保留。」風宇一臉的誠懇，完全不見一絲私心。

鎖木心怒，想開口，卻見孫超緩緩搖頭，不欲鎖木繼續說下去。

獵命師就是爲了求自保，才走到了今日委頓求全的地步。

誰都沒有權力要求別人對自己盡一份力，尤其對方是以「集體」爲崇高的理由。

第97話

喀喀喀喀的腳步聲。

百貨公司前的轉角，幾個剃著山本頭、穿著花襯衫、手插在白色西裝口袋的流氓大剌剌走了過來。

不是隨意漫步過來的感覺，而是刻意地尋釁？

「喂，你們是怎麼回事？大半夜的，人不人鬼不鬼地在做些什麼？」帶頭的老大模樣人物嚷著，上揚的尾音拖著獨特的黑道腔調，頰骨上有一條更道地的壞人疤。

鰲九兀自喃喃念咒，搖晃著孫婆的生屍。

其餘人也不加以理會，就連書恩也只是忙著哭。

「喂喂，我們老大在問你們是怎麼回事？操，聽不聽得懂日文？」一個流氓大罵，抽出短摺刀，有模有樣走過來。

那流氓原本氣焰囂張，走近眾獵命師時卻突然大駭，嘴巴張得老大，忍不住倒退兩步。想必是看見了七孔流血的王婆、以及兩眼吊白的美照子屍體。大概還加上了頭頂刺了可怕蜘蛛圖騰的阿廟吧。

見多識廣的流氓老大也發覺不對，卻只是緊皺眉頭。

「原來是在這裡殺了人啊，哎，會給我們帶來麻煩的。」流氓老大不悅，拍拍手。

一個屬下從懷中拿出一台塑膠計算機，恭恭敬敬地奉上。

流氓老大叼著菸，漫不經心地按著電子計算機。

「看樣子一共是殺了兩個人啊。等等，殺什麼人我不管，重點是一老一少，一個一百萬，一個六十萬。一百六十萬。處理費是公定的三十趴，加起來總共是……兩百零八萬，算整數兩百一十萬。喏，付了錢，把屍體丟在地上就可以了。」流氓老大將計算機倒轉，一拋。

電子計算機被閒閒無事的風宇給接住。

但風宇只是優雅地笑笑，將計算機丟還給流氓老大身邊的小嘍嘍。

「原來是這麼回事。在新宿殺了人卻不肯付錢的吝嗇鬼，我看得多了。那麼，屍體處理費就交給葬儀社吧。」流氓老大抖抖眉毛，五個手下全都掏出手槍。

眾獵命師還是沒有答理。

鰲九死命念咒。鎖木專注在灌輸真氣到孫超的九山大穴中，而書恩在哭，雙掌合十禱祝。阿廟在發呆。風宇看著手指間快燒盡的菸屁股。

「肘方老大，怎辦？會不會真的聽不懂日文啊？」一個嘍嘍的手槍已經上膛，但還是禁不住問。

「肘方老大，管他是不是聽不懂，光看態度就知道瞧不起咱們新鮮組。」一個高大的嘍嘍看著頗標緻的書恩，色心大動。

「打斷他們的手腳吧，肘方老大？」一個發誓一天一定要至少殺一個人的嘍嘍說。

此時，鰲九突然大喝一聲。

王婆赫然張開眼睛，痀僂著駝背的身子顫動。

流氓們嚇傻了，就連肘方老大也差點忘記呼吸。

臉色發黑、兩眼倒吊的美照子，搖晃著開始發臭的身體，歪歪斜斜地站起，甩吐著軟癱的長舌，與七孔流血的王婆一高一矮，像兩條亂七八糟的恐怖對聯。

「這……」肘方老大顫抖不已，手指不小心一扣，子彈轟向美照子的下腹，爆出一團黑色的……已不能稱之爲血的混濁汁液。

美照子已經死了，自然不可能再死一次。

所以美照子只是悶悶地哼了聲，然後機械式地甩著舌頭。

「流氓啊……既然開了槍，想必是有了覺悟。」鰲九擦掉額上的大汗，不知何時已從捲曲的頭髮間抽出一張符，然後孜孜孜緊握在拳頭裡。

見慣血肉橫飛場面的流氓們，個個目瞪口呆。

「勇敢地和屍體戰鬥到死吧。」鰲九開掌，那不知名的符咒已經破碎，風一吹便消失，只剩下掌心一團不規則形狀的赭。

美照子屍身觸電般一震，像頭豹子般衝向無法正常反應的流氓群中！

「有趣。」風宇嘖嘖，看著一旁的鰲九。

鰲九潛心凝神，快速盤動剛剛握碎符咒的五根手指，簡直肉眼難辨。

「原來如此。」風宇暗道。

美照子，不，美照子活蹦亂跳的屍體，用她自己生前絕對無法想像的速度、力道、平衡與狂野，擊碎小嘍嘍的喉骨、扭斷雙手，蹬垮膝蓋，單指刺穿太陽穴。

小嘍嘍大受驚嚇，完全忘卻基本求生的逃跑，一味地模仿電玩「惡靈古堡」裡的主人翁，拿著手槍不斷朝迅猛龍美照子狂射，但打中同伴的次數卻不下擊中美照子的機率。

現實人生，可不是幾呎見方的電玩螢光幕。

碰碰碰碰碰碰碰……碰……

漸漸的，槍聲越來越稀疏，直到地上都是湯湯水水才歇止。

「……」美照子的生屍在身中七顆子彈的情況下，撂倒了六個專門在歌舞伎町邊緣胡敲竹槓的流氓。

鰲九的手指停止。

「玩具壞掉了嗎？」風宇隨口。

「還足夠撂倒你。要下場試試看麼？」鰲九斜眼。

「免了，我投降。」風宇風度翩翩，舉起雙手。

鰲九看了看困頓不已的孫超，而鎖木也停手休息，緩和眞氣大量耗竭的萎靡。

顯然還有時間。

還有時間，再讓地上六具自願成爲死屍的傢伙，變成十八般武藝樣樣行的高級玩偶。然後追殺這一切悲劇的始作俑者。

「救救……救……救救……我……」肘方老大氣若遊絲，鼻腔裡汩出大量的鮮血，與偌大的血泡。

鰲九蹲下，伸出手，輕輕捏住肘方老大的鼻子。

「行。但你得先死一次。」鰲九冷酷地說。

優柔寡斷

命格：情緒格

存活：一百五十年

徵兆：宿主面對兩種選擇時，不是沉默寡言，就是習慣了支支吾吾，無法決定。曾經有一份簡單的考卷擺在你面前，你卻機機歪歪這麼不選那個不選，等到鈴聲大作才後悔莫及。如果老師再給你一次機會，你肯定無法好好珍惜。

特質：掌紋亂到看不出來的你，最怕走到十字路口。面臨作戰的險境，猶豫不決的你往往錯失機會，成為炮灰，是敵人最喜愛的對手。

進化：愁雲慘霧

（何承冀，容易被退學的廿一歲，嘉義民雄）

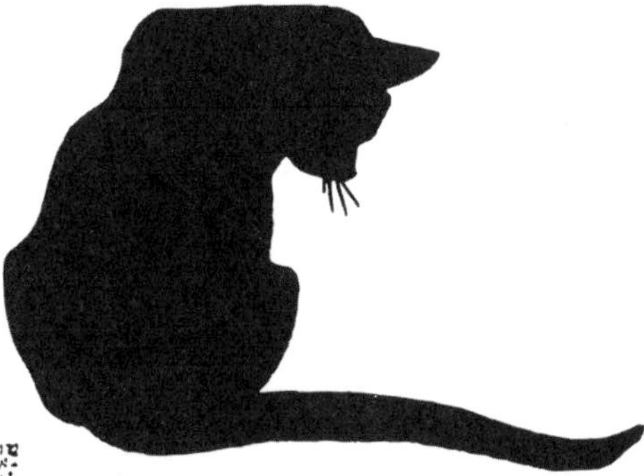

第98話

烏霆殲的身上，自裡至外，燎亂著不幸的火焰。

所以，不幸自然也追隨著他。

十一豺中，對追殺男人最有自己想法的優香。

重型摩托車的轟轟引擎聲進入隧道，變成野獸尖銳的咆哮。

戴著黑色的超酷全罩式安全帽，緊緊包覆住優香的貼身賽車裝，將優香姣好的身段表露無遺，散發出一股甜美與強悍並不矛盾的結實美感。

「啦啦啦啦啦啦啦啦啦，快點結束吧，不管你是帶著什麼理由到東京的。浪費我的時間，真是罪無可逭，啦啦啦啦啦啦啦啦。」優香催動油門，側身滑過數台車子間的縫隙，然後又是下一個縫隙。

由於跟日本賽車界的冠軍男友交往，優香最近迷上了重型機車，只要跟重型機車有關的一切，都能令她心跳加速。油門，踏板，離合器，超大號排氣管。一逮到機會，優香就忍不住將油門催到極限，試探自己能操縱速度到什麼樣的境界。

當然，優香爲此摔壞了不少台重型機車。但這根本不是什麼大不了的事。

等到優香賽車的技術超越這個拿過七座冠軍的男友，她才開始覺得「啊！飆重機車啊……還眞有點無聊……」，然後親手殺了他。

就一個對周遭反應極其敏銳的「皇吻」吸血鬼來說，這只是時間的問題。

優香，標準的「黑寡婦」。

目標發現，大型貨櫃車。

「看我的！」優香嗔道，猛一個提身。

重型機車直衝而上，碰地將一台疾駛中的三菱汽車車頂鋼板給壓垮，藉著高度的驟然提升，優香左手往大腿上一抄，手中已多了把霰彈槍。

兩管偌大的槍口，對準了雙腿盤坐的烏霆殲。

轟！

上百顆質地無比堅硬的鋼珠噴出，一瞬間已貫穿了大貨櫃車上燎動的模糊黑火。

黑火暴散，卻只是破逸的火焰。

烏霆殲的「實體」已經消失了。

「我就知道沒那麼簡單，啦啦啦啦……啦個大頭鬼啦，啦！」優香嘆氣，一加速，重型機車已經碾過三菱汽車，衝下墮地。

汽車駕駛看著龜裂的擋風玻璃，瞠目結舌，完全無法反應。

「搞什麼鬼啊……」汽車駕駛回過神，趕緊煞車，臨時停在路邊繼續發呆。

只見一身黑色勁裝的優香，一手晃控著重型機車穿梭在車陣中，一手無視霰彈槍的巨大後座力，不斷朝著隧道弧頂開槍。

高速噴發的鋼珠蜘蛛網般轟砸、轟砸、轟砸，遠遠咬著沿著隧道弧頂、竄動逃散的模糊黑影。

「喂！怎麼回事！」

弧頂亂七八糟落下的碎石岩片，往隧道中快速行駛的汽車砸去，在底下汽車平均時速高達九十五公里下，加諸在碎石上的作用力，已讓碎石成爲危險不下子彈的凶器。

車窗、擋風玻璃、車頂，一一砰然暴碎，許多駕駛人反應過度，紛紛踩下煞車，十幾秒內就撞成了一團。

「搞屁啊！前面的給我出來！」

「誰亂丟東西！操！」

「剛剛眞是好險啊……」

「快叫救護車！那個人的頭不見了！」

「是那個騎士……前面那個騎士在亂開槍！」

「天啊這是誰的頭！啊啊啊啊啊啊！」

諷刺的畫面。

一個飆車的吸血鬼，追殺著沒命似逃跑的獵命師。

隧道裡，夜的節奏，瘋狂加速。

轟忽轟忽，究竟是誰在追殺誰。

轟忽轟忽，這是什麼可笑的獵。

是那夜的低垂闇生，還是自命不凡的毀滅。

轟忽轟忽，是誰用獸的姿態盲竄。
轟忽轟忽，獸在獸的腔腸裡混亂。
誰在暗處裡奸笑窺伺，誰在角落詛咒盤算。
轟忽轟忽，那是瘋狂的節奏，用踐踏踐踏出來的節奏。
獸已不是獸，獸已是獸。
全都踉蹌毀滅。

烏霆殲飛快「爬行」在隧道壁上，充分掌握了三度空間可以借力的每一吋，強壯的肌肉、平衡感，絕不輸給勞什子的吸血鬼。

「……」烏霆殲半闔著眼，腦子昏昏沉沉的。

全靠著身體裡某種不斷膨脹的「那東西」作用著，烏霆殲直覺地閃躲要命的霰彈攻擊。已不知道烏霆殲的力量在煉燒著「那東西」，還是「那東西」反過來在焚毀烏霆殲的靈魂，或是共同在消逝中。

「啦啦啦啦啦，哪一國的獵人這麼有本事？」優香咕噥，掂量著手中霰彈槍。還剩下兩發密集子彈。

剛剛這麼用心扣板機都落空了，想來，這兩發也不會命中。

所以……

「所以就讓給你、跟你了。」優香漫不在乎，一個加速，往左手邊的貨車就是一槍，再往後朝著察覺不對勁、開始想保持距離的計程車司機又是一槍。

砰，砰。

鮮血登時隨著破碎的玻璃爆漿噴濺出。

貨車打滑，撞上另一側的賓士轎車，賓士轎車跟著撞上身旁的mini cooper，然後計程車原地旋轉，稀哩呼嚕大家撞成了一家親。

不知是哪一台車的油箱破裂，火花簇起，猛地轟然爆炸，將眾人炸成沒有名字只有ＤＮＡ的碎塊。

火舌狂亂吞吐，巨大的隆隆咆哮在回聲效應驚人的隧道裡，更加嚇人好幾百倍，震耳欲聾。

優香的重型機車已經來到烏霆殲的正後方，十公尺。

優香的重型機車已經來到烏霆殲的正後方，五公尺。

優香的重型機車已經來到烏霆殲的正後方，一公尺。

優香的重型機車已經來到烏霆殲的正下方，零公尺。

但優香已經消失。

第99話

隧道上空。

「還不下來！」優香一躍而起，竟來到模糊的黑影身後。

優香以沒有子彈的堅硬槍身做武器，悍然一揮。黑影沒能躲開，槍身的金屬結構瞬間在黑影的背脊上脆然瓦解。黑影重重落地。

烏霆殲的臉孔表情、身體的線條，比之以往都還要模糊，一團亂七八糟的黑。

簡直是三流漫畫家的狗屁塗鴉。

優香無聲無息落地。

不愧是，擁有甲賀血統的後代忍者。

兩人相距十三步。躲不掉，也沒必要躲。

「叫什麼？願意說嗎？」優香摘下黑色安全帽，甩開黑澤秀髮，露出古典的美。

日本女人得天獨厚的雪白肌膚，明亮細長的眼睛，搽上亮彩的薄唇，比例勻稱的長腿，巨……巨……巨大的胸部。

全身都在冒煙的烏霆殲，當然沒有興致盯著優香的豪乳欣賞，他跪在地上，全身抽搐，不停作勢嘔吐。

「隨你的便，屍體可是不需要名字的啊，啦啦啦啦啦。」優香看著剛買不久的重型機車，以高速撞上前方的隧道牆壁，頓時化作一團廢鐵。心中不禁一陣讚嘆，眞想立刻就殺死眼前虛弱的目標。

「我叫……天……天……」烏霆殲張口，一手撐地，大口嘔吐。

嘔吐出，一團又一團的青焰。

「喔？」優香將安全帽丟開，拉開胸前快綳開的拉鍊，裡頭都是一排排傳統的忍者擲器「苦無」，也就是「手裡劍」。

「……天……天堂……地獄……」烏霆殲用頭猛烈地撞地，高大的身子以極不正常的姿態扭動著。

隧道裡的大火急速將氧氣燃燒殆盡，造成密室對流的可怕迴風，灼熱的空氣醞釀著待會更可怕的焚風。

時間一分一秒過去。

「天堂地獄，花名啊？」優香抽出一柄苦無。

她對這個有個殺胎人名號的傢伙的自我介紹，實在沒什麼興趣。既然老闆阿不思也不認爲殺胎人跟遠洋貨品下毒案沒有關係、或不想弄清楚有沒有關係，那麼，優香當然也懶得調查。

苦無颯然射出。

看似放棄抵抗的烏霆殲，突然一手抓住苦無，苦無被灼熱的掌力擠壓粉碎，但烏霆殲的掌心卻被割得鮮血淋漓。

「挺行！」優香當然沒有天真到認爲一發苦無就能夠結束殺胎人的性命，在烏霆殲抓碎苦無的瞬間，她已經來到烏霆殲的身邊，膝蓋彎起。

猛襲！

這一夾帶優香全身力道、完美彈力的膝擊，首先碰觸到烏霆殲的下顎，大腦劇烈震盪所受的傷害不說，光力道就撞得烏霆殲頸子往後急仰，幾乎要彎到頸骨斷折的極限，彷彿可以聽見嘶嘶的肌肉斷裂聲。

無可挑剔。

優香曾以同樣的膝擊技巧，擊碎銀背猩猩堅實的下顎。

至於優香哪來的機會擊碎稀有銀背猩猩的下顎，那就是一段調皮的往事了。

烏霆殲兩眼無神地看著焦黑的隧道弧頂。

「忍術，櫻殺！」

趁著烏霆殲被撞得腦袋一片慘白，優香化作一道銳利的黑風，以烏霆殲為中心，用目不暇給的忍者連續技從四面八方轟擊烏霆殲，打沙包似的。

在「壓力＝力量／接觸面積」的簡單公式下，優香掌指作劍，腳尖為斧，每一擊都帶著扭動身體的瞬間迴旋力，用最小的「點」強烈擯進烏霆殲的身體裡。

烏霆殲原本就已焦黑模糊的臉孔，頓時痛苦地無限放大。

忍者是一種很實事求是的「特種職業」，凡事結果論，不講可歌可泣的英雄主義。如果達不到主人訂定的目標，《萬川集海》❹中什麼正心、將知、陰忍、陽忍、天時、忍器等理論，通通是不知所謂的廢物。

在忍者嚴苛的教育裡認為，真正的實戰中，根本沒有多餘的心神花費在「尋找要害、確實攻擊」。那只是天眞武術家的天眞教材。

藉著無話可說的腰力與協調極佳的彈力，優香閃電擊出的每個動作，都飆出了駭人的風切聲。

耳脊。

人中。

下腹。

椎末……

每一擊，都足以瞬間破壞眞正的沙包。

每一擊，不管從哪個角度貫入，都足以讓敵人身體每一處，成爲所謂的要害。目不暇給。

優香的攻擊動作已快到，就好像同時有四個人在同一瞬間痛施殺手。

「吼——」烏霆殲即使在最佳狀態之下也無法完美防禦，何況是正值心魂交瘁之際，根本完全無法招架，無法逃竄。

烏霆殲只有原地挨打的份，本能地胡亂擺手格擋，卻毫無用處。

凶焰破散。

頃刻間，烏霆殲的身子已被瘋狂打彎，成了矮弓形。

燒灼的空氣中，優香高速彈射的拳腳破空聲越來越壓抑，越來越可怕。

椎間盤。

腰三角。

後頸骨。

太陽穴……

數不清的部位，接連受到轟擊。

烏霆殲的喉嚨底，發出咕嚕咕嚕的痛苦獸吼，身上的凶火忽明忽滅，顯然已經徹底敗北。瀕死。扭曲。撕裂。

也許這是最適合烏霆殲的死法吧。

像他這麼驕傲的人，一定無法在有意識的情況下，接受這樣難堪的戰敗。

烏霆殲整個腦袋往前摔倒，臉埋在地上。

「啦啦啦啦啦啦啦啦，我會的體技，可不比我會的體位少！」

一分鐘了。優香終於停下，胸口僅有輕輕喘伏。

按照優香的吸血鬼體質，加上還是人類時所受的殘酷訓練，她至少還可以持續攻擊十倍以上的時間。

但已經不需要了。

優香的左手扣著一枚卍字苦無，風車樣的刃片毫不狡飾它的危險。

「挨了我這麼多體位……不，體技，竟然還活著。嘿，你蠻強的，性能力一定也不錯吧？」優香看著尚有氣息的烏霆殲，心中頗爲訝異。

優香想起了她那專業馴獸師的前前前任男友。

有大概三年時間，隱瞞自己吸血鬼身分的優香，每天晚上都跑去馴獸師任職的動物園，到處探險般地做愛。

有時在管理員室；有時在空無一人的馬戲團表演棚，幻想觀眾報以熱烈掌聲；有時在草食動物區跟斑馬大眼瞪小眼，馴獸師男友一邊採取老牛推車的後背式突刺；但最刺激的，還是在具有危險氣息的肉食動物旁打砲，那種在獅子老虎間放聲淫叫的感覺，眞是太刺激太過癮了。

「喂，我在問你，你的性能力是不是也不錯？」優香皺眉，試探性地踢了踢已經昏厥過去了的烏霆殲……或是天堂地獄。

烏霆殲身上的凶火虛弱冉動。

「我在問你耶，啦啦啦啦啦啦，回答了可能就有一點點機會可以……可以晚一點死喔！」優香又想起了在動物園胡天胡地的荒唐日子。

---

❹一六七六年，甲賀的隱士藤林保武結合了中國和日本歷代名將的思想與武學精華，參照《六韜》和《孫子兵法》的內容寫成了集忍道、忍術、忍器於一體的忍者究極修行指南，將書命名為《萬川集海》，有海納百川取各流派精髓的意思。由此可看出，中國古代的軍事武學思想為日本忍術的發展壯大奠定了充實的理論基礎，可以說《萬川集海》是日本人學習中國古代軍事精華和秘術玄學修煉之道後的概括總結。

第100話

但是再怎麼刺激，都還是有痲痺的一天。

馴獸師男友有一天晚上在企鵝區馴服了優香後，大言不慚誇口他的性能力，比起狂野的銀背猩猩可是不遑多讓。

「眞的嗎？」優香嗔道。

「哈，試試看妳就知道！」男友哼哼，揉著優香的36D豪乳。

於是優香很乾脆地用掌底擊昏了男友，吹著口哨拖到獸醫室，將男友的衣服剝光，在他精壯的身上塗滿氣味強烈的雄性荷爾蒙液。然後丟進禁錮銀背猩猩的大鐵籠裡。

「天啊！這是怎麼回事！」男友醒來時，全身赤裸。錯愕後，便是大驚失色。只見五頭發情的雌銀背猩猩正含情脈脈打量著自己，還不時用粗壯的猩臂碰呼自己。這還不嚇得魂飛魄散？

「快啊，快上啊，強姦銀背猩猩的馴獸師！」優香笑得可樂了，拿著數位攝影機在籠子外猛拍。

「別鬧了！快把籠子打開！」馴獸師驚惶不已，想衝到籠子邊，卻被憤怒的雄猩猩給攔住。

身為籠中之王的雄猩猩顯然在吃醋，不斷發出充滿敵意的低吼，還拍打暴壯的胸膛示威。

但馴獸師畢竟還是馴獸師，立刻冷靜下來，試圖展現平時的威嚴，對著雄猩猩發號施令，語氣嚴峻。

然而銀背雄猩猩並沒有理會馴獸師，露出森然白牙，一拳往馴獸師的肩上推去。馴獸師一百九十公分、八十五公斤的健美身材，立刻往後跌了好幾步。

「沒用的，你醒來前三分鐘，我給牠注射了這個，啦啦啦啦啦啦！」優香得意洋洋地展示手中的法寶。坎拉波波夫蛇毒萃取液。

坎拉波波夫蛇，一種近年在澳洲北部雨林沼澤區發現的雜交新生蛇種。坎拉波波夫蛇全身無鱗，成蛇約兩公尺半長，體型略扁，長期潛伏在沼澤中尋找落單的鱷魚，蛇毒分泌不易，一年僅有三十毫升的微量。一旦此蛇咬中鱷魚，牙中毒液可以瞬間滲透鱷魚堅硬的皮甲，在五分鐘內擾亂鱷魚的心智，使鱷魚處於極度躁動的瘋狂，不斷撞擊池底與岸邊、激烈扭動身體、胡亂攻擊不存在的獵物。最後因爲無法呼吸，竟溺死在原本習以爲常的池沼裡。此時坎拉波波夫蛇便可以從容游進巨大鱷魚的屍體裡，花上一年慢慢享受冰冷的大餐。

澳洲學者在拍攝Discovery頻道的委託節目時，意外發現這駭人的新蛇種，從此揭開此坎拉波波夫蛇毒應用在生化武器、特種作戰上的嶄新一頁。吸血鬼政府當然也不會放過。

「那是……那是什麼？」馴獸師男友顯然不瞭，但卻知道害怕。

銀背雄猩猩神色痛苦，一聲暴吼，一拳重重砸向自己的腦袋，鮮血迸出，隨後猛力撲向失禁了的馴獸師。

馴獸師的遺言大抵如下：「啊！啊！喔喔喔喔……咕嚕咕嚕……」然後就變成一團分崩離析的血肉。

優香倒底是有情有義。雖然殺是一定要殺的，但吸血鬼終究也是感情的動物，優香親眼見到發狂的銀背雄猩猩屠殺自己交往三年的男友，一時悲從中來，在三腳架上放好數位攝影機，打開籠子，然後在銀背雄猩猩對其他五隻雌猩猩施以家暴前，用一個簡潔的膝擊做了開場，撞碎了猩猩的下顎。

「爲什麼要殺我男朋友！」優香哭喊。

接著，就是只有漫畫裡才看得到的忍者櫻殺。

連續體位，不，幾個連續體技，就將皮堅肉實的銀背猩猩給活活殺死，斷裂的肋骨橫七豎八地穿出身體，腦漿像豆腐般濺得到處都是。

由於不忍雌猩猩守活寡，優香搗著臉，害羞地順手將五隻恐懼逃竄的雌猩猩一一擊殺，這才踏著破碎的失戀身影離去。

爲了悼念逝去的愛情，優香以淚洗面了好幾個小時。

□

一股焚風從隧道外急速灌入，猶如一條張牙舞爪的火龍。

優香蹲下，用手輕撫著殺胎人身上虛弱的囚火。眞是奇特的能量啊，跟白氏所擁有的超能力有點類似，卻又不是同一回事。

「被我打成這樣都死不了了，那麼，顯然還有很多種方式也不會死？啦啦啦啦啦啊……」優香喃喃自語。

這位好色的女忍者開始考慮，是不是該背著老闆阿不思，偷偷養著這強壯的男人？一動了這個念頭，各種體位跟性械都從腦子裡浮現出來。

前面，後面，上面，下面，嘴巴，針筒，皮鞭，浣腸器，鐵棒，鋼釘，手銬，繩索，蠟燭……甚至電鋸！

反正最後還是會宰掉殺胎人，只是時間晚了點罷了，所以也不算是背叛組織吧？優香嘴角掠上一抹微笑。

她並不是沒豢養過強壯的獵人當性奴——你不會想知道他的最後下場——但眼前這個倒地不起的男人，顯然有種別人無法比擬的粗獷魅力。

決定了。

大不了被發現，可愛地道歉也就是了。

「嗶嗶，嗶嗶，嗶嗶……」手機響起。

來電顯示，是大老闆牙丸無道。

優香猶疑了一下，但還是拿起藍芽耳機，按下通話。

「隧道發生大火，戰鬥應該已經結束了吧？」無道岩石般的聲音。

「是的老闆。」優香恭恭敬敬。

「殺胎人的狀況？」無道。

「像頭死豬一樣躺在地上，隨時都可以殺掉。要我這麼做嗎？」優香緊張地玩著手指上翻滾的苦無，流光如水。

「在那裡等著，我派兩隊特別V組去接手現場，然後由妳跟阿古拉負責押送殺胎人到審判廳。」無道的命令，不容反駁。

「阿古拉啊……是的。」優香手指上的苦無愕然停止。

「有什麼問題嗎？」無道的聲音沒有特別冷峻。

「沒，阿古拉就阿古拉。」優香答，真不開心。

「別出意外，記得每隔三十秒就給殺胎人一記手刀。」無道掛上電話。

對話結束。

「唉，優香好難過。」優香噘著嘴，將苦無收進緊身賽車裝中。

這下要把玩具偷偷藏起來已經是不可能了。

焚風越灌越猛烈，還帶起背後一連串的悶燒爆響。

優香拖著死魚般的殺胎人，一邊飆淚一邊往隧道的出口前進。

「優香真的好委屈……」優香大哭。

九把刀的秘警速成班（三）

吸血鬼遍及世界各地，不論是已工業化國家或是相對落後地區，但少有能夠成為有組織的政治力，系統化進入人類社會的情形。

吸血鬼在日本是高度發展、最精密控制的完整帝國形態；在美國則是掌握金融投資市場三十七%的跨國企業；在蘇聯則是軍事強人的鐵血聯盟；在歐洲則是傳統的貴族散聚，但這個狀況已經有了悄悄的革命。

吸血鬼對世界的科技文明、金融改革均有高度貢獻，因為吸血鬼的不死之身不僅累積了歷史經驗，更有實質上大量的知識研發人才，對地球的環保概念亦有生命共存的遠見。

第101話

汽車旅館。

一張垂掛希臘白色紗簾的大床，兩情人繾綣其上。

宮澤一手擁著熟睡的妻子奈奈，一手捧著卜洛克的偵探小說《八百萬種死法》，有一搭沒一搭地翻著。

胸膛上，妻子暖暖的、不受打擾的呼吸，讓宮澤感到難得的心安。

但宮澤的腦袋已經與眼睛的動作分割開來。眼睛順著卜洛克通暢的文字，毫無窒礙地往下鑽讀，但腦袋裡的邏輯運算，卻還停留在這世界的另一面……更真實，也更黑暗的那一面上。

自然而然，宮澤想起了前幾天在東京爆發的吸血鬼集體中毒暴斃的事件。

究竟是什麼人會在遠洋運送的血人上施毒？不，不會是個人。

是某個團體？政治力？軍事力？

美國？歐盟？中國？聯合國？還是某個隱密的跨國組織？某種激進派？是那群與貓爲伴到處採集特殊生命能量的神祕人士嗎？

毒？那是什麼樣的毒？是某種專剋吸血鬼的生化武器？什麼構造？什麼原理？有沒有解毒劑？發病過程？

以及，最重要的……造成這種傷害，代表終於要開戰了嗎？這跟前幾天不尋常的美日聯合作戰演習有關嗎？如果是宣戰，爲何美國的航母群來又折回？某種和談的勢力同時角力著嗎？還是，這是吸血鬼內部的叛變？

不行。

宮澤閉上眼睛，深呼吸。

好不容易將噁心的工作撇下，把兩個孩子托給保姆代爲照顧，特地帶奈奈到市郊的汽車旅館，換個環境，夫妻倆渡過浪漫又沒有負擔的一夜。此舉也好讓奈奈心安，更能向自己證明「我不是個心裡潛伏怪物的隱性變態」、「我也需要一般人的歡愉，我對幸福的定義，跟一般人沒有兩樣」。

如果到了這種地方，都還忘不掉那些醜陋的事物，那就前功盡棄了。

換個方式輕鬆吧，別想太多。宮澤將卜洛克的小說丟在地上，在不驚擾奈奈的甜蜜熟睡下，小心翼翼按下床頭上的電視控制鈕。

旅館牆上懸吊的液晶電視，開始播放ＨＢＯ影片。

是十幾年前好萊塢砸大錢拍出的爛片，《凡赫辛》（Van Helsing）。內容講述一個傳奇吸血鬼獵人，拿著西藏喇嘛特殊製造的武器，跟一身過度累贅的皮大衣，來到深受德古拉伯爵威脅的村莊。吸血鬼獵人靠著英雄魅力聯合了美麗的女獵人、善良的科學怪人，一齊殺個翻天覆地的熱鬧故事。

「蠢斃了。」宮澤冷笑。

德古拉伯爵在吸血皇城裡記載的祕密歷史文本中，可是截然不同的殘暴模樣。而根據阿不思提供的世界知名吸血鬼行蹤考，德古拉現在多半在冰天雪地的西伯利亞，或是莫斯科豪華的軍事掩體裡，活得可好，人照殺，血照飲。

又，歷史中真正的「赫辛」（Helsing）只不過是個高階獵人的頭銜，不是一個單獨的個體，要得到Helsing的名號，須經過多重規範化的認證。認證通過後，才可以將Helsing套用在自己的名字之後，例如John Helsing、Peter Helsing、Hermis Helsing

等。

宮澤將電視切換到別家電影台。

Cinemax台。一個全身刺青的黑鬼，戴著死都不肯取下的墨鏡，偏執地拿武士刀在五光十色中的大城市裡追砍吸血鬼。同樣是一部吸血鬼電影，《刀鋒戰士》（Blade）。要說特色的話，就是這位基因突變的吸血鬼獵人，身上具有吸血鬼的基因，卻一點也不怕光，號稱daywalker（日行者），靠著施打血清緩和噬血的原慾。

「太扯了。」宮澤嗤之以鼻。

據阿不思所提供的資料，世界上已知的吸血鬼裡，並不存在任何真正不怕陽光的特異體。就連大名赫赫的德古拉也差一點被陽光融解過、日本戰國大魔王織田信長也得在白天交替影武者，才能避開眾將領的質疑。

宮澤也注意到，從上個世紀起，好萊塢電影工業產製那麼多的怪物電影，大白鯊、異形、外星戰士、傑森、佛萊迪、半獸人、大蟒蛇、大蜘蛛等一大堆生化突變怪等等，唯獨吸血鬼這個題材歷久不衰，什麼喜好週期通通不適用，每隔一陣子就有吸血鬼元素的影片上映，總有一半會大賣。

宮澤懷疑，這是人類政府與吸血鬼勢力的掛鉤。

宮澤查詢過美國電影創意協會與演藝學院之於公共資金的運用，發覺對吸血鬼題材的電影給予的資金挹注最豐沛，其中更不乏美國政府給予稅賦減免者，必要時軍方還會配合、協力。

目的？

就人類政府的利益來說，吸血鬼始終是可怕的潛在危險。十九世紀以前的世界，通訊科技不發達，信息的傳遞非常緩慢，就算人類與吸血鬼之間發生嚴重衝突，也很容易事後掩蓋，以似是而非的謠言取代事實。更容易在廣大的土地上，漸漸流失事實的本質。

但到了現今社會，要完全掩埋吸血鬼存在的事實是不可能的，索性讓人類大眾徹底熟悉吸血鬼的名詞、習性、姿態，與種種以訛傳訛的謠言。如果有一天兩個族類之間勉力維繫的競合關係遭到破壞，戰爭浮上台面，人類社會也不至於太過恐慌而集體放棄抵抗。至少，總該知道吸血鬼怕陽光、畏懼銀吧？

至於吸血鬼勢力爲什麼認同電影工業大量產製吸血鬼的電影，宮澤篤信，是因爲吸血鬼視電影、漫畫、電玩爲一流的「宣傳管道」，不論宣傳的目的是爲了恐嚇，或是欲進行集體催眠。

早期吸血鬼的政策偏向恫嚇性質，灌輸人類大眾「吸血鬼非常恐怖，除了少數的缺陷外，各項能力指標都凌駕在人類之上」的恐懼意識，這樣的印象大量複製後，人類自然視吸血鬼爲不可抵抗的強大，不臣服便是慘死。

但後期的政策有了轉變，吸血鬼開始顛覆自己族類的形象，製造出「吸血鬼不等於壞人，人類也有分好壞，吸血鬼亦然，應該用更寬大的心態打造不同族類的互信基礎」，或是營造浪漫的憂傷色彩，將異類的姿態塑成高貴的品味。類似的意念在「刀鋒戰士」系列（Blade series）、《夜訪吸血鬼》（Interview with the vampire）、《決戰異世界》（Underworld）、《我哥哥是吸血鬼》（He isn't human, he's my brother）中更是清晰可辨。

「就不能演一些溫馨點的東西嗎？」宮澤厭煩地切換頻道，卻老是看到各式各樣怪物肆虐的影片，直到進入鹹溼的色情頻道後，宮澤才勉強安定心神。

色情頻道上，幾個戴著面具的ＡＶ男優將飾演女教師的ＡＶ女優，用跳繩綁在教室的椅子上，開始淩虐，玩弄……

電視裡胡天胡地的聲音越來越激烈，宮澤想伸手將音量調小時，發覺奈奈的眼睛正滴溜滴溜地看著他，眨眨。

「什麼時候醒的？」宮澤愧疚地說，輕撫奈奈燙紅的臉龐。

「還想要嗎？」奈奈頑皮一笑，埋首吸吮著宮澤顫動的乳頭。

宮澤的身體，一陣幸福的哆嗦。

從這個角度欣賞奈奈，宮澤舒服得想將奈奈緊緊摟在懷中，一個動作，奈奈卻不肯，兀自頑皮地吸吮，痠麻了宮澤的靈魂。

歡愉需要隨興的專注。現在正是不需要言語的時刻。

奈奈的舌尖越來越溫柔，越來越往下，最後整個鑽進被窩裡。

宮澤閉上眼睛，下體一陣溫熱。

手機響起。

關掉的手機竟然響起。

宮澤哀傷地睜開眼睛。

只有特別V組撥過來的號碼，能夠透過特殊的韌體協定，啓動手機裡頭的晶片，解除關機的狀態。那代表不管你身在何方，都得立刻拿起手機，聽候差遣。更何況宮澤已是特別V組的行動課長。

奈奈舌尖上的動作停止。

棉被陡然高高隆起，奈奈俏皮的臉鑽出。

「沒關係，快接吧。」奈奈眞誠的表情，只有讓宮澤更加歉疚。

「妳眞好，下次一定好好補償妳。」宮澤擁抱奈奈。

一手，撈過震耳欲聾的手機。

第102話

凌晨，三點零七分。

幾個黑影快速在東京裡跑動著，時而遲鈍猶疑，時而健步如飛。

王婆的屍體在最前頭領軍，搖頭晃腦地，某種肉眼看不見的能量絲線正牽引著王婆的生屍，朝著某個「不是那麼確定的方向」前進。

然後是鰲九、阿廟、風宇、書恩、鎖木，以及六個姿勢笨拙、動作卻很迅速的流氓生屍，最後是微能量最弱的美照子生屍。至於孫超爺爺，則沒有出現在追獵烏霆殲的隊伍裡。

書恩難過地看著王婆的背影。王婆的右手像沒有重量的繩子般軟癱晃動。

王婆曾說，她長得很像她死去的妹妹……這或許就是王婆捨身爲自己接下烏霆殲那驚天一擊的原因吧。爲了某種補償。

「眞是漫長的一夜。」鎖木心想。

對於沒有等到強悍的長老護法團駕臨，就妄自採取追殺烏霆殲的行動，鎖木感覺很不妥當。

但根據上次在醫院與烏霆殲交手的經驗來看，烏霆殲在吞噬命格後，似乎要花很多心神跟能量在煉解命格上，那時便是烏霆殲最虛弱的時刻。如果放棄這個關鍵的大好時機，的確可惜。雖然這些都不在鰲九的考量中。

一身白色風衣的風宇，似笑非笑地看著鰲九與阿廟這對搭檔。

「如果不是知道阿廟是怎麼回事，我會以爲她也是你操作的生屍呢。」風宇看著阿廟的後腦勺。

阿廟總是處在怪異的沉默裡。若要回答什麼，總是以一個句子做結。過度漠視外界的種種事物，疑似失卻對痛覺的神經感知。這是風宇對阿廟的印象。

「哼。」鰲九不想理會。

「操作生屍，不須總是全神貫注吧？現在你只下了很簡單的跟隨指令？」風宇又問，大衣飄飄。

風宇注意到，剛剛鰲九在操作美照子攻擊流氓時，似乎花費頗多的精神；但現在卻只是放任生屍自行動作，沒有看似關連的刻意舉措……至少風宇他看不出來。這中間大概有著「手動控制」跟「自動控制」的差別，他猜。

「哼。」鰲九依舊不想搭腔，兀自邁開大步。

風宇笑笑，看似沒有介懷。但這樣的態度只有令鰲九更添反感。

「鰲九，我們已經跑很久了。」鎖木提醒，疾奔。

「放心。除了王婆強烈的第六感，再配上『千里仇家一線牽』，就不信找不到那廝。到時你只要注意別拖累我跟阿廟就行了。」鰲九說，掌心緊握著一個炙熱的奇形圖騰。

「看王婆走走停停的樣子，烏霆殲似乎也在改變方向，說不定還搭上了交通工具。」

風宇停下，因爲王婆停下。

「總之，不能再有任何損傷了。」鎖木鄭重說。

「怕事，怎麼成大事？」鰲九哼哼。

窮鎖

命格：情緒格

存活：一百二十年

徵兆：拾荒成癖，食餿入性。即使生活改善或暴富了，宿主也無法享受財富帶來的一切，生活的步調始終維持在赤貧階段，即使遭人非議也無動於衷。如果硬是將好吃的東西塞進宿主嘴裡，吃慣餿水的宿主會反胃吐出。子女想好好孝順養老，宿主卻會莫名其妙堅持寡居。可說是終生賤民的卑微命格。

特質：吃食宿主無法享受的能量茁壯，因此宿主絕對無法懷抱大志，欠缺生活目標。唯一的好處命格會釋出部份能量，讓宿主保持健康，延長賤民的生命。

進化：荒村之厄，困城梟雄

第103話

隧道外。

優香蹲著，殺胎人趴著。

優香還是無法平息號啕大哭的情緒，所以手刀每隔幾秒就往烏霆殲的頸後斬下。就算是犀牛也鐵定昏死一百次了。

但即使這樣，烏霆殲還是沒有死。只是醒不過來。

這讓優香更委屈了。

「好想把他帶回家養喔。」優香杵著下巴，噘嘴幻想道：「叫阿不思跟無道求情，不知道有沒有可能？如果無道答應的話，就算免費讓他那條死魚上個一、兩次我也無所謂。」

突然，優香感受到一股殺氣。

小樓，跟他的貓。

「為什麼不殺了他？」小樓舉起僅剩的右手，勾勾食指。

小樓臉上都是抹開的焦黑，顯然剛剛通過發生嚴重車禍的隧道。懷抱著強烈的恨意，跟無比的執著，小樓一直遠遠追著烏霆殲，中間還搶過一台跑車代步，就在小樓決定下手的前一刻，他發現了追蹤烏霆殲的優香。

於是勝算不大的小樓忍住了。他感覺到優香的強凌駕在自己之上。是以在剛剛優香與烏霆殲的戰鬥中，小樓仗著優香無暇他顧，一直躲在遠處冷眼旁觀。優香從一出手就佔了極上風，小樓原以為獵命師間的大禍害烏霆殲就要斃命，卻見優香拖著烏霆殲笨重的身體，一拖就拖出了隧道。

如果烏霆殲就這樣莫名其妙，被活生生關在某個血族重重把關的地方，兼又找不到烏拉拉好宰，那麼當初烏禪要毛冉帶出皇城的詛咒，篤定要應驗。屆時獵命師集體被詛咒滅絕……

「殘廢，你是誰？」優香心情很不好。

「都到了這樣的地步，為什麼還不殺了他？」小樓瞇起眼。要打贏眼前的女忍者是不可能的，但要給予這位巨乳忍者腳邊的烏霆殲致命一擊，或許還有機會。

「我就不愛殺他。」優香怒。

「要帶他去哪裡？」小樓看著昏死過去的烏霆殲。

「我就不愛告訴你，死殘廢！」優香更怒。

「太任性的話，會招致不幸喔。」小樓陰沉著臉。豁出去了。

小樓按住靈貓的天靈蓋，換上了戰鬥性格極強的「人鬼」奇命，一咬手指，簡單塗上顯然不怎麼牢靠的血咒。畢竟他很清楚，戰鬥的時間不可能太長。

公路的另一端，傳來了警車的汽笛聲。看來是特別V組快趕到了。

「喔？突然變強了？」優香略感好奇。

「這個世界上，還有很多你們吸血鬼惹不起的東西，例如，獵命師。今天如果我死了，將來妳也會記起這一句話。」小樓運氣，臉孔發青，五官扭曲，模樣猶如厲鬼。

優香消失。

閃光一瞬。

小樓的右手平舉，五指箕張，好像想抓住什麼。一枚苦無鑲嵌在他的手掌上，直沒入骨。

「你已經死了。」

優香站在小樓的背後，調整剛剛晃動過度的巨乳，一腳踏著想要逃跑的靈貓的尾巴。然後又一腳，將靈貓踏成了肥厚的肉醬。

小樓眼神呆滯，甚至來不及流露悔恨。額頭上一道迸開的血線，後腦勺透出些微寒光。

第二枚苦無的力道，竟狠狠貫穿了小樓的頭顱。

小樓倒下，發青的臉孔急速褪色，變成了無助的蒼白。

沒有了獵命師的禁錮，厄命「人鬼」歡天喜地地破竅而出，到人間尋找適合寄宿的人兒。期待哪一天能夠修煉出形體，不再只是幽冥人間的虛無能量。

「隨便就恐嚇人家，也不會照顧人家的心情，又容易死掉，啦啦啦啦啦啦，一點都沒有魅力。都是你！都是你！都是你！都是你！」優香擦去眼淚，連連猛踢殺胎人的身體。

警車終於來到，一共有三部。下車的警察卻一臉錯愕，看著優香，看看地上的屍體。面面相覷後，六個警員趕緊掏出手槍，對準了可疑的優香。

「不許動！」警察大叫。

「趴在地上！快！趴在地上！」另一個警察將手槍上膛。

這些死白目，制服衣領上沒有別著特殊的V字。

「氣死人了！」優香真的，很委屈。

第104話

宮澤下車的時候，現場眞是一場糊塗。

隧道裡高溫直竄，一秒鐘都沒辦法待人。消防車不斷把水灌進隧道，降低溫度。救援困在裡頭的人？別傻了，撇開那些人可能早就烤成焦炭沒得救，救援也不是特別V組的行事風格。

隧道口，一具不知名的屍體，加上幾個身首異處的警察，一堆爆出身體的器官塗在警車上。只能用「杯盤狼藉」差強形容。

「這次會不會太過分了點？才晚到兩分鐘……」宮澤看著捧著人頭暢飲鮮血的優香，優香的腳下踩著邪名震動全日本報紙頭條的殺胎人。

優香不理會，只是在殺胎人的頸後補上最後一記手刀，逕自走到特別V組裝甲車裡，坐好。

優香的小嘴緊緊抿著倒轉人頭頸上富有彈性的小動脈當作吸管，像個被寵壞的小淑

女，悶悶不樂地吸吮鮮血跟腦漿。一眼都不看坐在她對面的阿古拉。

同樣是十一豺之一的阿古拉，魁梧又布滿凶惡刺青的身體，穿著華麗的皮草亮片裝，大屁股佔據了整整兩個半人的位置，臉上還黏貼著後樂園摔角手常用的虎皮面罩。

既然優香不理會阿古拉，阿古拉也沒開口打招呼，自顧自玩著手中的掌上遊樂器，身子還會隨著閃躲螢幕裡的虛擬子彈晃動，十分滑稽。

裝甲車外。

就在特別V組的手下將殺胎人用強化鋼鎖在特製的擔架時，宮澤注意到那具不知名屍體旁邊，還有一隻貓的扁屍。

「專司狩獵奇命的那族？」宮澤蹲下，仔細審視貓屍旁的屍體。

依稀見過……依稀見過……

啊！原來就是在醫院監視器中拍到的那群人之一！

「上次在醫院，他跟同夥想要追殺殺胎人，現在他死在這裡……果然是內鬨嗎？」

宮澤的腦中轉過好幾個想法。站起，宮澤決定還是去問問優香，這個不知名的養貓人死前有沒有說過什麼。

殺胎人被重重銬進了巨大裝甲車的後座，兩手分別被套上定時注射的藥劑機器，左手是具有強力鎮定效果的蠍毒化合劑，右手是老字號好口碑的肌肉鬆弛劑。機器每隔三分鐘就會自動將兩種藥劑，對殺胎人進行靜脈注射，連海洋生態館運送鯨魚時都沒這麼誇張。

一台V組警車在最前方開道，兩台警車護衛在裝甲車兩側，最後一台警車殿後，身爲V組課長的宮澤就坐在上頭。裝甲車上，除了優香與阿古拉外，還有四名待命的牙丸武士。

目標，審判殿。

□

二十分鐘前，宮澤非常苦惱。

依照他的猜測，這位很可能已從寧靜王口中逼出地下皇城密道的「殺胎人」，即將殺進吸血鬼的天堂大鬧一番。

會不會成功？宮澤怎麼可能知道。但他絕對不想如此熱血漢子，在尚未叩關前，就這樣葬身在吸血鬼的手上。

怎麼辦呢？明明知道此行是要去運送殺胎人的宮澤，手裡抓著方向盤，內心糾結不已。

不自覺地，宮澤的左手伸進了西裝上衣口袋。然後掏出了那東西。

一張，綿綿軟軟，粗製濫造的名片。

「原來是這麼一回事嗎？」宮澤緊急煞車，將車子停在路邊。

……我的人生，真的有可能是一部熱血漫畫裡頭，重要的某幾頁嗎？

還是被一翻即過的，瞬間遭到秒殺的可憐蟲？

「我選Ａ。」宮澤拿起手機，簡單拆下背後覆蓋電池的殼，按下他爲了解除監聽特製的暗鈕。

撥了名片上的電話。

第105話

宮澤看著窗外，距離審判廳還有大約十五分鐘的車程。

東京十一財……兩個東京十一財……應該很強很強吧？

自己剛剛的做法，是否正確呢？但自己這麼弱，實在無法判斷遠遠超出自己想像外的勝算。

看著前方的裝甲車，宮澤忍不住撥起車內通訊。除了所謂的勝算，他還有一些疑竇需要優香的解答。

裝甲車上的通訊喇叭直接啓動。

「我找優香。」宮澤。

「我現在不想說話。」優香皺眉。

手指一揪，不意插進手中人頭飲料的眼珠子裡。坐在衣著品味非常荒謬的阿古拉面前，優香持續委屈，覺得嚴重被侮辱。

「看得出來，但阿不思那臭三八交代的事我必須搞清楚。我也想早點回家睡覺。」宮澤。

臭三八？這個人類敢叫阿不思「臭三八」？委屈的優香耳朵一豎。

「妳剛剛殺了一個帶著貓的傢伙，他是什麼來歷？」宮澤問。

「我怎麼知道？」優香看著車內對講機。

「那他有說過什麼嗎？」宮澤。

裝甲車行經一個路面凹洞，車子顛簸了一下，魁梧的阿古拉身子往前一靠，差點撞上委屈的優香。

「我心情不好。」優香皺眉。

「吼，拜託講一下啦。」宮澤也皺眉。就他敏銳的觀察，只有用這種不三不四的語氣，才能逗優香繼續把話說下去。這點跟犯賤的阿不思有些異曲同工之妙。

「……他問我為什麼不殺掉殺胎人，我說你管我去死，然後就宰了他。啦啦啦啦啦啦，活該。」優香哼哼。

宮澤一震，果然如此。

「就這樣？他有沒有……再多說一點點什麼話？或是做出什麼奇怪的動作，跟貓？」

宮澤緊追不捨。

「好像啦，他摸了那隻貓一下，就突然變強了。雖然還是很爛。」優香手中的人頭已經乾癟，咬在嘴裡的大動脈也皺巴巴了。

「原來優香妳那麼強啊！人漂亮又強，胸部又大，真的是很難得，一定有很多男朋友吧？」宮澤笑笑，手激動地抓著皮椅，快把指甲給嗝出了血。

「還好啦。」優香笑了出來，有些臉紅。

「對了，那個臭養貓的，有沒有提到他還有同伴什麼的？還有他跟殺胎人的關係？」

宮澤抓著頭髮。

「他嘴巴很壞，口音又糟糕，說什麼他叫什麼的東東鬼，還威脅說要是我殺了他，改天我也一定會想起來。呸呸呸，我最討厭沒有教養的人了。」

「等等，妳說他叫什麼東東鬼？」宮澤握拳。

「……獵命師？」優香回想了一下。

突然，宮澤頭頂一陣碰碰碰晃動的巨響，接著是幾乎踏翻汽車引擎前蓋的幾個重腳！

破碎的擋風玻璃，高高躍在半空中的猖狂身影！

「交給我！」

風宇右手一伸，五條強化鋼琴線噴出，捲住裝甲車的最後輪。運氣一扯，裝甲車輪胎炸裂！

鰲九獰笑，左手捏印。

幾個迅猛的身影在空中暴開，撲向四方。

「啊啊啊啊啊那是什麼鬼！」宮澤旁邊的警車駕駛驚恐大叫。

渾身是血的吊屍美照子，突然啞啞啞啞飛跳到宮澤這台殿後的警車上，一拳穿破汽車玻璃，扯住駕駛的喉嚨，一扭，喉頭爆裂。

警車愕然打滑，撞上前方緊急煞車的裝甲車，美照子姿勢怪異地摔出，一腳重重撞在地上，發出喀然怪響。斷了。

來不及解開安全帶，憑著直覺，宮澤機警掏出手槍，冷靜地朝跌斷右腿、卻又張牙舞爪的美照子開火。靶心，頭顱。

五顆勉強及格的子彈，兩發貫穿美照子的腦門，將美照子的後腦轟出兩個大窟窿。一發削掉美照子發黑的喉嚨。兩發落空。

美照子的神經中樞遭到破壞，終於倒下，結束她操勞過度的活屍生涯。

「沒得拼！」宮澤仗著引擎蓋上的濃煙，裝死坐在車內，觀察著眼前發生的一切。

其餘三台護衛裝甲車的警車，也在剛剛美照子攻擊宮澤這台車的同一時候，被其餘的流氓生屍給做掉。一台衝出公路三百六十度翻滾。一台卡在裝甲車下，亂七八糟被笨重的裝甲車給碾了過去。一台成了熊熊沖天的火球。

而無法前行的裝甲車，成了眾獵命師唯一的目標。

「殺掉烏霆殲！其餘都是次要！」鎖木在一瞬間就下達了作戰策略。

鎖木用的是華語，並不怕被日本吸血鬼聽出。

但更切身的問題是，裝甲車密不透風，厚板紮實，沒有任何從外開啓的裝置。

甫殺死裝甲車駕駛的書恩，也沒有在駕駛艙發現任何打開裝甲密艙的拉掣。運送烏霆殲的裝甲室，顯然是完全隔絕的絕對空間。

「拆得了裝甲嗎？」鎖木看著鰲九，他的硬氣功不必試也知道沒辦法。

如果動作不快一點，顯然搶先一步將烏霆殲禁錮住的日本吸血鬼，從裝甲內部通知京都內其餘牙丸禁衛軍前來支援的機率，大得一塌糊塗。

「嘖嘖，這種粗活我沒法子，叫鰲九大哥的殭屍先生吧？」風宇舒展身子，笑笑看著剩下的四個流氓生屍，以及珍貴的王婆生屍。

默默無言的阿廟走過去，想要用她的能力硬抓開裝甲，卻突然駐足不前。

「看來是沒那個必要。」鰲九咬著菸，嘿嘿嘿獰笑。

裝甲緩緩打開。

四個牙丸武士冷靜地下車，個個散發出不同於一般吸血鬼的戰鬥氣息，不受挑釁，守衛在被五花大綁的殺胎人前，絕不離開裝甲車門口一公尺範圍。

如果能捱過今晚，或許這四個牙丸武士在未來的某一天，也能擠身東京十一豺的缺位。

風宇的眉頭一皺，岩漿從風衣裡溜出，躲在公路旁的草叢。

兩個黑影坐在烏霆殲的更前座，發出極其強烈，卻不帶絲毫殺意的氣息。根本就沒有將他們放在眼底。

鰲九額上青筋暴露，攬在背後的手指正要撩動，鎖木趕緊開口。

「等等，我們沒有戰鬥的必要。」鎖木伸手進懷中，撫摸他酷似上班族的靈貓，悄悄地換上「無懼」。

「我知道，你們是要殺了他吧？不好意思，我要帶回去慢慢養。」俏麗的黑影背對著烏霆殲，手裡捧著個人頭。

鎖木臉色一沉。

「看來，已經有人跟你們說過同樣的話？」鎖木想起小樓，那愚蠢的傢伙恐怕是凶多吉少。

「……跟你們說話眞的很無聊。」黑影不再是黑影，慢慢轉過頭，一個亮麗的巨乳女子。緩緩站起。

另一個巨大壯碩的黑影，無奈地按下「Game save」鍵，將掌上遊戲機塞在誇張又緊繃的衣服裡。

竄出！

第106話

優香在前，阿古拉在後。

鎖木一個暗號，與實力較弱的書恩同時往兩側閃開，避開敵人鋒頭，迂迴往押送烏霆殲的四名牙丸武士衝去。

風宇眼睛瞇起，左手一揚，噴出數條肉眼難辨的絲刃。

「喔？」優香咕噥，指尖上的卍字苦無隨意劃過，割開襲來的絲刃。

落地，優香暗暗稱奇，一矮身，這次選擇避開了下一波來襲的鋼琴線。

優香稱奇的是，以最新超合金打造的苦無竟出現幾個缺口，可見敵人不只擅長所用的武器，而且竟能在細如髮絲的鋼線上灌注內力，真了不得。有些吸血鬼活了幾百年都辦不到的事，這個年輕人卻舉重若輕。

「小狼犬接著！」優香扭腰，以極曼妙的體位，不，姿勢，閃過好幾波絲刃攻擊，右手懸臂一彈，一枚苦無朝風宇射去，連續切斷好幾條絲刃。

苦無夾帶著銳不可當的勁風，跟試探性的殺意……

□

宮澤的眼睛，像攝影機的鏡頭移動到下一個分場。

帶著虎形面具的阿古拉，已經被幾個肌肉能力催化到頂點的生屍包圍，那畫面可說是十分KUSO，就好像是魔鬼筋肉人不小心闖進惡靈古堡裡的世界。

但虎面人阿古拉並沒有忘記此行的任務，身體立在裝甲車口，隨時可以回身，鎖木與書恩只好蹲在兩側，等待出手。

「接招吧！」鰲九凝神，施展起操屍咒。既然獵殺的目標落入敵手，此時是分秒必爭。生屍的動作就像吃了興奮劑的豹子。敏銳，倏忽起落，狡詐，絕不拖泥帶水。

擁有摔角手昂藏身材的阿古拉，起先並沒有將這些已經失去生命的「屍塊」看在眼底，幾個推掌就想將生屍擊倒，卻在瞬間處於被圍毆的狀態。

阿古拉怒極，奮力抓住一頭流氓生屍的腦袋，一個硬碰硬的頭鎚，將生屍砸得肝腦塗地，早已發黑的污血就這樣淋在阿古拉的臉上。

但這個壯烈的頭鎚，卻讓阿古拉全身都是空隙，其餘生屍怎肯放過，將阿古拉揍得眼冒金星。

「小看死人的下場，就是成爲其中之一。」鰲九詭笑，十指飛舞，操縱著不存在咒線。

而兩眼呆滯不下生屍的阿廟，則混在生屍之中……伺機給予阿古拉致命一擊。阿廟的動作完美無瑕地融入鰲九的操屍舞中，彷彿她的身上也有一條制約的咒線。

而生前即是武功高手的王婆，體內的微能量非常強大，鰲九在逐漸掌握王婆的筋脈後，甚至將王婆穴位氣海中儲存的能量引發出來，使得王婆掌掌重可崩石，甚至一個發勁，朝阿古拉的頸後猛斬！

這一斬，阿古拉一個失神，兩個生屍迅速抓住阿古拉雙手，反折，折得阿古拉身體不由自主倒曲了起來；第三個、第四個生屍從左右兩側踢擊阿古拉腰側，瓦解最後的支撐。

阿古拉終於雙膝跪地。

阿廟欺近，右手凝力，毫不留情往阿古拉的心窩轟去。

阿古拉吐血，阿廟第二拳、第三拳、第四拳又擊出，轟在同一個位置，肌肉幾乎凹陷下去。

「這也算是東京十一豺？」鰲九大笑：「長這麼壯，娘們都比你強！」

甫射出苦無的優香吐舌，心想：終於來了。

抓住阿古拉雙手的兩個生屍，突然被怪力舉起，然後像兩台火車對撞在阿古拉面前。什麼破壞中樞神經？簡直瞬間變成兩團無法辨識的碎肉。

「我是女的！」阿古拉憤怒巨吼。

一百頭豹子，也敵不過一頭迅猛龍！

阿古拉的能力全部開啓，精神集中力暴增數十倍。

一個生屍在半空中踢腳，卻被阿古拉的脖子夾住，一扭，足骨脛斷，然後像小雞一樣被狂甩，最後被重重摔在地上。阿古拉高高躍起，一記標準的摔角體落，將生屍壓成肉泥。

另一頭生前叫肘方老大的生屍趁著阿古拉摔在地上，一拳往下崩落，砸在阿古拉的下巴，力道之強，連自己的指骨都碎裂、穿突出皮膚。

但阿古拉僅僅是一把抓住這生屍的頸子，一個翻身，已經將逆響尾蛇固定法施加在生屍上。然後是一連串可怕的喀喀喀喀數聲，生屍全身的肌肉都被扯離原位，成了眞正動彈不得的屍體。

「嘖嘖。」鰲九毫不氣餒。

Plan B。

第107話

宮澤的眼睛，回到巨乳晃動的鏡頭。

那充滿試探性的苦無在最逼近風宇時，突然幻化成四道銀光。

不，並非幻化，是眞正地一分爲四！

四枚苦無原本緊緊貼在一塊，直到最後才因早已計算好的暗勁，朝四個方向激盪開來！

「挺有一套嘛！」風宇當然沒有四隻手好接下逼近面門的四枚苦無，只是非常直覺地閃動身子堪堪躲過。他用的可是防禦力極高的「千眼萬雨」。

但這一閃躲，已經足夠讓優香拉近兩人之間的關鍵距離。

三步以內。優香可怕的體術，即將爆炸。

「忍術，櫻殺！」優香的身影恍若一分爲十，刮起黑色的旋風。

「……」風宇半闔上眼，一邊靠著「千眼萬雨」的命格力量，一邊靠著自己身體微妙的第六感，隨著優香的攻擊左躲又閃，趨退敏捷，出手格擋。

中段突刺。

橫面脛掃。

掌底下壓。

指劍破風……

起先，優香十招中有七招跟風宇交會到，兩招擊中風宇，一招落空。

漸漸地，優香十招中有六招被風宇硬擋下，兩招擊中風宇，兩招落空。

然後是，十招架五，一招命中，四招落空。

十招擋三，毫無命中，七招落空……

最後，風宇已經完全掌握優香的速度，優香的迅猛攻擊只能堪堪擦過風宇。或根本沾不上邊。

連續四十幾招都被風宇既從容又危險地避過，優香訝異，連風宇自己都感到驚奇不已。只見優香的勁力不斷破空而掠，撕開周遭空氣，風宇的衣服猶如灰蝶翩翩飛盪在空中，露出疤痕累累的身體。

風宇知道自己很快，甚至覺得自己就是新的牛津字典裡的新解釋，應該列進例句之一[5]。

但風宇沒想到自己竟可以這麼快。

「可以再快一點嗎？」風宇開口，非常享受沉浸在危險氛圍的感覺。他正在想，說不定他可以在這次精彩的戰鬥中，瞬間將「千眼萬雨」修煉進化成更高階的命格。

但優香的速度，從一開始就沒有保留。風宇的話，刺激到了優香。

優香羞怒，瞳孔瞬間縮成一個點。

「忍術！殘櫻！」

優香的身影突然變成了無可數計的殘影，每個殘影的動作都有個些微的不同，但手起腳落的目標全指向風宇一人。

風宇大吃一驚，想閉上眼睛靠心靈澄靜感受哪一個攻擊的來向才是實體，已經沒辦法做到，風險也太大。優香緊握在指縫中的苦無已經削過風宇的額頭，風宇感覺一陣刺痛的灼熱感，這才迴身避開。但身上竟已中了三枚苦無。

「好！」但風宇也不是好惹的，在苦無切進身體的那一瞬間，兩手也彈射出閃閃發光的鋼琴線，絲刃向四面八方寂然割開，好像煙火般。

優香近身而錯，緊身衣與皮膚慘然爆開。

風宇倒下。

---

❺ fast adj 1: acting or moving or capable of acting or moving quickly as 風宇; "fast film"; "on the fast track in school"; "set a fast pace"; "a fast car" [ant: slow]

邪惡的劇本

命格：機率格

存活：兩百年

徵兆：雖被歸類為機率格，但擁有集體格的多重特性，展現此一命格的荒謬特質。通常出現在公寓房東身上，或擁有多重機會窺視到他人不為人知一面的職業者，老師，醫生，大樓管理員都是上佳的宿主。開始有類似人格分裂的症狀，覺得有義務安排他人的人生，並惶恐自己的人生走到的盡頭。

特質：無從察覺的邪惡。擅長錯亂敵方的合作默契，甚至使之陷入相互殺伐的內亂。但宿主若不能妥善壓抑住命格的邪氣，將會忍不住反噬同伴的團結，並引以為樂趣。

進化：魔鬼的呢喃

第108話

地上全是肢離破碎的屍塊。終於安息了的屍塊。

「眞奇怪，你是無痛症患者嗎？」鰲九看著阿古拉的心窩上，明顯留著阿廟深陷的拳印，應該產生效果了才是。

「挨打，是摔角手的第一課！」阿古拉從沾滿污血的衣服裡，掏出被擊碎的掌上型遊戲機，怒不可遏，肌肉賁然隆起。

儘管阿古拉已經陷入狂暴的無敵狀態，但同時對上兩個默契十足的獵命師，肯定無法佔什麼優勢。

王婆不再進攻，而是呆呆地縮著身子。看似微能量放盡。

鰲九加入戰局，與阿廟並肩作戰，兩人心念相通，彼此接應掩護，努力壓制十一豺之中爆發力最強的阿古拉。

鰲九使出令手臂忽長忽短、時柔驟剛的燃蟒拳，無法度測的距離感讓抓狂的阿古拉捉摸不定，阿古拉只好朝阿廟身上狂襲摔角招式，打得阿廟不敢過分靠近，畢竟一旦被阿古拉的招式逮住，肯定要四分五裂。

「真不敢相信……這是什麼樣的畫面？」宮澤悄悄下車，躲在車子後，握住手槍的手掌心直冒冷汗。

鰲九躲過阿古拉運用不當的大招式，猱身上前，一拳驟忽伸長，啪地捲上阿古拉樹幹般的猩臂。

「壯娘吃屎！」鰲九單右腳懸空，左腳踏破路面，運起全身重量加上內勁，手臂一絞。

阿古拉痛得大吼，單膝碰然墜地，想反抓鰲九的蟒臂，鰲九的手卻瞬間鬆脫離開。

厲害。

鰲九暗叫可怕。換做是鋼筋，在剛剛那一絞之下也該變形了，但阿古拉卻只是痛得大叫，然後朝自己又撲來。

「什麼怪物？」鰲九快速招架阿古拉的推掌，架得手掌都痠麻得快沒知覺，他不得不承認，自己是真的很怕被阿古拉「逮到」。

王婆生屍的身子突然動了一下。

「鎖木書恩！準備！」鰲九用華語大吼，與阿廟猛然往後一躍。

王婆生屍以百米五秒的神速向阿古拉衝來，眼耳口鼻冒出淡淡的青光。那是中樞神經內的微能量，將氣海中內力暴升到頂點的跡象。

「吱吱吱吱吱……」王婆生屍的喉嚨裡發出怪叫，矮小的身子擒抱住阿古拉。

阿古拉痛瘋，一見王婆生屍抱住自己，立刻使出以大欺小的食人蟒抱擊固定法，想將王婆生屍小小的身子直接擠垮。

但，這根本多此一舉。

王婆生屍突然急速膨脹，在阿古拉的懷中爆炸！

「好樣的！」鎖木與書恩疾步朝裝甲車前進。

四名牙丸武士抽出背上的武士刀，以最不要命的打法招架鎖木與書恩的攻勢。

「臂依我咒，其堅斷金。」鎖木長臂作劍，塗有斷金咒的鋼臂硬是彈開武士刀，左手往前一刺，將另一柄武士刀從刀背擊斷。

「風神來我！」書恩身上掛著奇命「信牢」，雙手拍呼，旋風無中生有，直教牙丸武士無法張大眼睛。但會被派遣來護送殺胎人的牙丸武士何等訓練，怎可能被一陣大風弄得睜不開眼，但只是眨眨眼睛的一秒間，就足夠書恩實驗她最新研發出來的攻擊技巧。

書恩雙手如蛇，不畏危險，快速連點兩名牙丸武士的手腕。乍看無用，但那可是書恩利用「大風咒」中自己想出來的，很了不起的技巧。

書恩的指甲在那一瞬間插進牙丸武士的臂上靜脈，指尖刻意留存的空隙中，那截約莫一點五立方公分的空氣柱立刻以「單位高速」噴射進傷口。

這代表了什麼？

那小小一截空氣柱，夾帶著大風咒的能量，以時速六十公里的速度沿著靜脈逆竄而上，直達腦幹。通常這種份量的空氣進入人體血管，並不會造成什麼大礙，主要是因爲空氣會逐漸溶解在血液裡，最後成爲細碎難辨的泡沫。但在時速六十公里的高速下，書恩的指尖空氣並沒有時間溶解，而是硬梆梆的「空氣子彈」。

空氣子彈在血管裡狂飆，皮膚上的突起咻咻咻直奔而上。牙丸武士兩眼急瞠，眼睛瞬間充血變紅，出現典型的中風症狀。

夠分出勝負了。

書恩運起家傳的百流拳，輕輕鬆鬆截斷兩名牙丸武士的頸動脈。

「從現在開始，我就是高手了。」書恩抬頭，鎖木也正好轟倒另外兩名守衛。

但兩人還沒機會跳進裝甲車，就被一陣腥臭的勁風掃倒。

是阿古拉，全身冒著焦煙的摔角手阿古拉！

「看來比想像中還要難應付啊！」鰲九與阿廟再度襲上。

沒想到微能量驚人的王婆生屍，以自爆的方式也無法一次放倒阿古拉，這點讓鰲九頗爲後悔，像王婆那麼好用的生屍炸彈可遇不可求。最後還是得讓阿廟放出那一招。

鰲九擒臂平舉，阿廟往鰲九掌心藉力一踏，加上鰲九的奮力上托，阿廟高高躍在半空中。

「……」阿廟左手往光頭上的刺青一抓，一隻蜘蛛竟被生生從刺青圖騰中憑空抓出，夾帶著以咒文織合而成的鬼眼蜘蛛身體，丟向下方已受重傷的阿古拉。

蜘蛛越來越大，落到阿古拉頭頂時，蜘蛛的腳已經有一個人的手臂這麼粗，毛茸茸的細刺十分嚇人。

「那是什麼！」阿古拉一驚。

阿古拉還在猜想那蜘蛛是不是類似白氏的幻術時，巨大的蜘蛛已經將她整個抓住，尾部狂吐蛛絲，只一瞬間就將阿古拉整個包覆住。要知道蜘蛛絲的韌性是同樣直徑的鋼絲的好幾十倍，阿古拉瘋狂掙扎，卻只是徒勞無功地越困越僵。

那是廟家的蜘蛛舞絕咒。咒的強度與施咒距離成正比，並且限定是由高而下的攻擊。距離越高，蜘蛛落下的時間越長，咒將蜘蛛膨脹的力量就越大。

而緊緊抓住阿古拉的蜘蛛，是生長於南美洲的絞蜘❻，攻擊性極強，一逮住被蛛絲纏住的阿古拉，前胸的螯腳就插進阿古拉高高隆起的僧帽肌，注射進大量的毒液。即使阿古拉再怎麼不怕痛，也抵擋不住蛛毒將她的肌肉內部溶解成高濃度的蛋白奶昔，徹底軟癱她的戰鬥力。

書恩大駭，畢竟這是她第一次見到平時呆呆的阿廟施展絕技。鎖木亦然，但還是保持清晰的目標感，大喝一聲，衝前。

纏住阿古拉的絞蜘，身上突然插滿了十多枚苦無。

風宇趴在地上，生死未卜。

「忍術！櫻雨！」

優香的身影飛瞬一現，十多枚枚卍字苦無從她的手中嗡嗡射出，飛到一半，竟離奇繁衍出上百枚苦無的殘影，再過十分之一秒，苦無數目再度倍增，漫天都是可怕的流光。

忍法中的虛虛實實，在此刻便成了無暇分辨的致命攻擊。

「聽音！」鎖木大叫，運起斷金化的鋼臂防禦在臉孔前。

的確，用甲賀忍術複製出的苦無殘影，不可能連聲音都一併複製出來，要辨明真假，最正確的方式莫過於張大耳朵，專注在真正發出聲響的暗器上。

但，最正確未必最合用。在這危險的當口，每個獵命師都用最有效率的方式……閃躲每一個射到眼前的苦無。

「唉呦！」書恩掌出旋風，但風不夠力，肩頭仍直接中了一記。

「攔住她！」鰲九的燃蟒拳接下兩枚苦無，卻隨後消失成虛無，大腿則被狠狠畫過一道口子。

「……」阿廟躲在阿古拉身後，靜靜避開所有的攻擊。

「嘿！」鎖木體瘦，以完美的蹲踞姿勢，用架在身前的兩條鋼筋手臂彈開苦無。叮叮噹噹。

「糟糕！」黝黑大漢大驚，一個鯉魚躍龍門，飛快撲進裝甲車裡。

等等——那是誰！

---

❻ Phoneutria nigriventer：絞蜘科*Ctenidae*，此種蜘蛛體型大，具高度之攻擊性。其毒液中有組織胺、血清促進素、玻璃酸脢、蛋白質溶解酵素等，組成非常之複雜。此類蜘蛛每次釋毒8mg，可造成三百隻老鼠死亡。毒液之作用機制為促進神經及肌肉細胞膜上鈉離子之通透性。其咬傷症狀為患部劇痛，延伸至軀幹，休克。此外，患者之全身性症狀為出汗，體溫過低，心跳加速以及高血壓。

第109話

「好傢伙，我們走吧！」

黝黑大漢，不，應該說炒栗子魔人陳木生，雙手抓住強化鋼的扣環，鐵砂掌一個發勁，強化鋼逐漸變紅，冒出白色的湯煙。

惶恐窺看眾人慘鬥的宮澤，總算露出驚喜交集之色。

「眞英雄！」宮澤的心臟怦怦跳。

最靠近裝甲車的鎖木第一個發覺不對，然後是已經竄近的優香。

「你在做什麼！」鎖木大驚，往裝甲車躍去。

「臭摔角人，這點事都做不好，啦啦啦啦啦啦啦啦……去死去死！」優香一邊抱怨，還以爲陳木生也是獵命師一夥。一腳正要踢出時，已看清陳木生的手並非企圖插進殺胎人的心臟，而是拚命爲殺胎人解套。

？

「加油！」優香的忍者連環腳，轉向重擊正要向陳木生出手的鎖木。

鎖木吃痛，硬接下優香從上而下、彈力十足的踢腳，勉力不退。

鰲九與阿廟也到位，從左右攻擊優香。但一掌一拳，全都落了空。

優香的速度更在兩人之上，連口號都懶得喊了，直接用肉眼神經無法跟上的風速，反過來包抄鰲九與阿廟。

砰砰砰砰砰砰砰砰砰！

空氣中一連串細密而刺耳的爆響。

論起速度，此行獵命師中最快的風宇已經倒地不起。論起絕招，鰲九已無生屍可以操弄，阿廟一夜一次的蜘蛛舞也已放完，鎖木跟書恩就別提了。

優香以一打四，堪堪不落下風，還忙得四個獵命師汗如雨下。

□

風宇躺在地上，手裡抓著剛剛從身體裡取出的染血苦無，靜靜地把玩。

「眞舒服。」風宇還在回憶剛剛的暢快淋漓。

再打下去，肯定是兩敗俱傷的吧？

……那又何苦？

戰鬥應該是盡其優雅的舞蹈，享受生死一線的刺激。

所以應該適可而止。

夠了。過溢是一種讓人作嘔的廉價吃食。

再美味的食物，如果塞滿了胃，就無法維持眞正的品味。

明白這個道理不難，但又有誰能夠眞正做到淺嘗輒止的妙處？

那便是忍耐力的問題了。

「星星眞美。」風宇看著夜空，爽朗的風。

說到忍耐力，風宇有個很眞切的定義。

風宇並不認爲，所謂的苦行僧是忍耐力應該列入字典的代表。任何苦行，如百日斷食、肌肉穿針、踏火祈禱、胸口碎大石、啃食碎玻璃等等，都只是自娛娛人的白癡伎倆，跟真正的忍耐力搆不上邊。

做個簡單的實驗。

將三顆好吃的M&M牛奶巧克力含在口中，然後不管舌頭怎麼掏，口水怎麼攪，就是不能嚼碎它。直到包著巧克力的糖衣融化，也不能用舌頭將溼軟的巧克力壓糊。看看錶，了解自己能夠支撐多久。這就有點接近忍耐力的真義了。

所謂的忍耐力，就是強行壓抑住自己對美妙事物的追求，與攫取。接近甜美，卻只是伸出舌頭。觸手可及的花朵，卻僅僅是君子般的深呼吸。

永遠都不是醜陋的狼吞虎嚥。

越接近慾望，就越抗拒滿足慾望的衝動。

「這才是作戰。只有自己，才是自己的敵人。」風宇微笑，繼續躺著。

被恥笑也沒有關係。

那些流著粗魯汗水的人，永遠也不會懂的……

□

一分鐘半過去。

裝甲車內，陳木生的額上汗大如斗，氣如蒸籠。

裝甲車外，拚命用速度定義戰鬥一切的優香，體力已經到了極限。

但爲了性，不，爲了愛，優香可是很努力地與四個獵命師周旋喔。

「如果大風咒能夠再習練點……」書恩咬牙，卻無法用現場唯一具有遠距離攻擊力的咒語，拖住快勝旋風的女忍者。

「書恩！把那些吸血鬼屍體丟過來！」鰲九心煩意亂，用華語大叫。

書恩退下，由阿廟代替接過優香的體術，以及時不時爆散出的苦無幻殺。

抓起兩個屍體，忍著肩上劇痛，書恩奮力往上一拋，鰲九接住。

遠處傳來急切的警笛聲，只是這警笛的節奏跟平常在東京街頭所聽到的不太一樣，帶著某種訊號似的。

百分之百，是東京牙丸禁衛軍。說不定裡頭還坐著東京十一豺中的某頭怪物吧。

「可惡！還不快點！」優香快氣瘋了，再這樣櫻殺殘櫻櫻雨地飆下去，奶子最後給甩歪了調不回來怎辦？

喀！

喀！

陳木生順利扳開扣環，隨手將注射器整個亂七八糟拔掉，將殺胎人扛在肩頭。

「喂！幫我保管！以後我去跟你要！」優香大叫，一扭腰，彈力十足的踢腿，將阿廟整個踢飛。

……神經病。陳木生心想，扛著殺胎人就往路邊的草叢裡衝。

絕不能讓烏霆殲走！這是獵命師此行最終極的共識。

雖然來不及精細控制，但也沒辦法了。鰲九大喝一聲，從綠色捲髮中抽出一張符咒，掌心捏碎飛焰。

兩個吸血鬼生屍猛地衝向揹著殺胎人的陳木生，鰲九隨後拋下與優香的纏鬥，搶步跟上！

「快跑啊，我在你的身上，還保留了許多快樂沒有品嚐呢。」風宇躺在地上，撫摸著舔舐著他手指傷口的岩漿。

優香瞥眼，往鰲九的背影擲出身上最後的兩枚苦無。

鰲九全神貫注在追逐莫名其妙殺出的陳木生上，六感極敏銳，頭也不回，兩手像軟鞭般蛇形回扣，輕巧巧接住了追擊的苦無，丟掉。如果要鰲九面對面接住這兩枚暗器，肯定無法這麼輕鬆寫意。因為不只要面對苦無，更要小心施發苦無的主人醞釀著什麼配套的攻勢。

實在是想不透，這硬是扯開鋼扣的粗魯漢子是打哪來的混帳。但無所謂，在二元區分下，這粗魯漢子必是敵人無疑。

「你是誰！」鰲九大吼，手指疾控。

「炒栗子的！」陳木生大步飛奔，像老虎一樣爆發力驚人。

兩個吸血鬼生屍大腿嘶然膨脹，竄到陳木生兩旁，橫臂猛抓！

「是怎樣啦！」陳木生急停，殺胎人在他的背上往前一頓。

陳木生的粗製濫造牌鐵砂掌，朝兩端悍然轟出。

硬碰硬？

理應沒有任何感覺的吸血鬼，爪子還沒沾上陳木生，就被一股無可比擬的氣勢給震懾住。

轟！

然後像兩團稻草般遠遠飛了出去。

「……」陳木生繼續邁步前奔，帶著一身豪爽的汗臭味，消失在夜色中。

鰲九呆呆停在原地。

忘了呼吸。

剛剛那一瞬間，自己居然心凜不已，無法動彈。

移花接木

命格：修煉格

存活：四百年

徵兆：周遭親朋常體弱生病，但宿主卻傻呼呼地健壯如牛。

特質：與極稀少的天醫無縫不同的是，移花接木講究強行採借他人的生命能量，以為治療己用，宿主越有意識此道，吸取的機制就越可怕。但因為每個人的生命能量都有基本的定數，所以無法採借到令對方喪失生命，僅會造成其虛弱。唯一的缺點，就是移花接木吸取的生命能量僅能供醫療所用，並無法轉化成戰鬥力。

進化：萬劍歸宗

（黃仲惟，剛會夢遺的十二歲，高雄）

第110話

天快亮了，屬於吸血鬼的時間即將褪去。

阿不思趕到的時候，裝甲車被劫的現場只剩下一堆瘋狂打鬥後的凌亂。闖禍的獵命師全數撤了個乾淨——優香這種個性當然不可能追上去。

跟著阿不思下車的，還有位列十一豺之首的居合高手，牙丸傷心。

「你沒事吧？」阿不思看見宮澤，吁了一口氣。

「還過得去。眞是精彩的戰鬥。」宮澤呆呆地含著沒有點著的菸，坐在裝甲車門口，旁邊是已冷卻斷裂的強化鋼扣環。

……眞是超級夢幻的決鬥，不管輸的是哪一方，贏的都還是怪物。

「是養貓協會做的吧？」阿不思拿出打火機，在宮澤面前點火。

宮澤搖搖頭，婉拒了。

他不抽菸，此刻只是覺得需要這個動作排遣。

「沒錯，他們是一群叫做獵命師的團體，目前正處於內鬨，殺胎人想潛進你們老家皇城，但其餘的獵命師不讓，反而要追殺他。真是奇哉怪也。」宮澤說。反正這也沒什麼好隱瞞的，阿不思自己等會兒聽了優香的證詞，也會這麼推論。

「所以殺胎人是被其他人救走的？他弟弟？」阿不思想起了醫院錄影帶中出現、以及突擊貨櫃船並擊敗狩的年輕人。

「不。是一個奇怪的大叔。」宮澤笨拙地避開阿不思的眼睛，假裝舒展脖子。

阿不思笑笑，沒有追問下去。宮澤沒事，她就放心了。其餘的，就當作讓愛情更加刺激的佐料吧。

阿不思想起了城市管理人。城市管理人似乎是站在那群所謂的獵命師立場。以這點來看，跟上司牙丸無道的命令悖反。自己是下令優香直接處決殺胎人的，要不是無道後來接手了這項任務，也不至於跟獵命師發生衝突，犧牲了東京十一豺之一。

遭犧牲的對象，阿古拉跪在地上，一動也不動，身邊還躺了隻巨大的蜘蛛。蜘蛛之巨大，像是史前未進化的怪獸。

蜘蛛已經死僵，身上插滿了苦無，隨破碎創口流出的體液已乾，在地上拖出幾條油淋淋的光澤。

「喔？」阿不思微微感到驚訝，踩到一堆顯然是蜘蛛絲的銀色分泌物。連這種東西都可以製造出來啊？

阿古拉的兩隻肩膀被蜘蛛的毒液溶解成奇怪的形狀，膠膠糊糊的，擴染到脖子、胸口、背脊的部分，模樣十分噁心，還發出雞蛋臭餿掉的中人欲嘔氣味。

「報廢了嗎？」阿不思看著沒有反應的阿古拉，又看看優香。

「跟她又不熟，這種事我怎麼可能知道。」優香嘛嘴，心裡卻是歡喜得要命。

如果那個比粗皮野獸還耐打的殺胎人醒來，她一定要想辦法找到，把他裝置成狂暴的性奴。

「醒醒！」阿不思摘下阿古拉的虎形面具。

阿古拉眨眨眼，竟然還活著。

「帶回去，交給鑑識組建檔，順便研究敵人的武器是怎麼一回事。」阿不思交代，幾個手下便將無法動彈的阿古拉搬上車。

牙丸傷心已在一旁聽完優香對戰鬥的概括描述，正蹲在地上檢視打鬥的痕跡。

「有任何頭緒嗎？」阿不思問。

她對比自己還要資深的牙丸傷心的意見，十分重視。

牙丸傷心是一個「斷斷續續」活了八百多年的吸血鬼，比起禁衛軍隊長牙丸無道都還要久。論起實力，誰也不敢在他面前托大，就連地位崇高的白氏貴族，也視牙丸傷心爲備受尊崇的劍客。

只是牙丸傷心對可能加諸在職位上的責任都敬謝不敏，認爲俗事雜務都會妨礙他對劍道境界的追求，更妨礙他找尋值得拔刀出鞘的對手。擁有「任意獵殺」的權力，就很足夠。

他的刀，已經在鞘裡隱隱發寒。

「有些祕密，看來是沒有隱藏的必要了。在舉行新的十一豺遴選會的同時，我請示血天皇，看看是不是要將獵命師的歷史解密。」牙丸傷心看著地上的蜘蛛絲，用手指沾著凝看。眞不是開玩笑的。

「原來你早就知道了。」阿不思一副無所謂的樣子。這樣反而輕鬆。

「說不定，事情會變得很棘手。」牙丸傷心說，卻沒有露出過溢的擔憂或興奮。

他是唯一一個，見識過某個豪壯的祕密，卻沒有封印在樂眠七棺的戰士。

「眞幸運。」牙丸傷心站起。

第111話

陳木生揹著烏霆殲，僅僅靠著雙腳，跑了兩個多小時，才回到位於新宿的家。

說是家，其實不過是幾個外來寄生者的蝸居之所，像蜂巢一樣的擁擠壅塞。

但蜂巢至少還是香的。

在寬度恰恰可容一個人行走的走廊兩側，堆積了厚厚一層黴，不需要特別靈敏的鼻子，只要深呼吸，就會感覺到細菌充塞住整個鼻腔。

有幾張歌舞伎町的色情海報試圖黏在牆上掩蓋那令人不由自主想生病的懨懨氣氛，卻徒勞無功，因爲海報上黏附著你絕對不想知道來由的發黃液漬。

老舊的、已經幾乎沒有人在用的低瓦數日光燈管，垂晃著裸露的電線，一高一低昏照著，連經過走廊上的人拖在地上的影子都是無精打采。看過伊藤潤二恐怖漫畫的人，是絕無可能住在這種篤定有怪異事件發生的爛地方。

事實上，東南亞籍外來打工者的私人械鬥、或是幫派尋仇，的確也常在這裡上演。

一個不留神，就會住到曾是命案現場的房間，有的房間牆上還有用鹽酸強行抹去蒼勁血跡的腐蝕痕跡。

這種無法刻意製造出的詭異氣氛，還曾經吸引到片商進駐，連拍了一個多月的鬼片。最後整個劇組大病一場，留下完美的句點。

陳木生住在四樓，某一大約五坪的空間，算是高等級的了。沒有大窗戶，但在天花板下卻有一個約四個磚頭大小的氣窗，露出即將天明的墨藍色。

沒有桌子櫃子，一張撿來的生鏽鐵門勉強充床，上面鋪著紙箱瓦楞板當作床墊。一個萬用不鏽鋼鍋。一袋生鐵沙。一袋栗子。一個原本用來裝牛奶的塑膠箱堆滿了日常用品與雜物。要不是炒栗子車還暫時扣留在派出所，空間就會更加窒息。洗澡的地方當然沒有，要清理身上各式各樣的污垢，只有到樓下街角的公共澡堂。

陳木生將烏霆殲放在床上，筋疲力盡地坐在一旁。

烏霆殲身上的凶火已經消褪，取而代之的，是極高的灼熱體溫，以及從皮膚氣孔中進進出出的薄薄黑霧。若有似無的黑氣則依然瀰漫覆蓋在烏霆殲的臉上，將他的五官輪廓塗散開來，三分像人，七分像鬼。

「喂!醒醒!」陳木生坐在地上，擦著汗叫嚷。

烏霆殲沒有反應，半闔著口，青色火燎動在舌尖、喉末，隱隱晃動。

眞累。回想剛剛裝甲車前那眼花撩亂的大亂鬥，眞是亂精彩一通的。但現在陳木生累得只想大睡一通。

原本紮實的武術訓練讓陳木生即使多負重一倍，多跑一個小時也不會累得跟現在一樣，但烏霆殲的身上好燙好燙，燙得陳木生心裡很毛，焦躁到胸口鬱悶難解，那種無法排遣的壞心情好像阻塞住血管還是什麼的，讓陳木生疲累異常。

陳木生當然不知道這是烏霆殲吞噬了太多負面的糟糕能量，散發出擾人心魄的氣息所致。

說到發燒，這傢伙身上的溫度，也未免高得離譜。

「喂!再繼續發燒下去，你會死的!知道嗎!會死的!」陳木生用力搖著烏霆殲，烏霆殲的肌肉隱隱傳來反彈的震勁，頗不尋常。

陳木生暗忖，這傢伙哪來這麼厲害的內力，連昏迷時肉體都有這種程度的反震。

……你想殺進吸血鬼在東京的大本營啊?陳木生看著烏霆殲。

或許，那個通風報信的V組走狗說的話，眞可以信上幾成？

要不，就是那個戴眼鏡的V組走狗故意縱虎歸山，將來再慢慢收網，好將殘餘在東京的反抗勢力一網打盡？

陳木生搖搖頭，拍打自己的臉。不再多想。他實在不是集中精神在思考陰謀上的料子。就算陰謀便陰謀吧，總之人是救回來了，吸血鬼想將他綁走，可見他的確是吸血鬼的敵人，這樣就回本了。

至於發燒這種事，唉，自己又能怎麼樣？照道理說發燒也沒什麼了不起，尤其是這麼強壯的武術家，如果因爲發燒就死掉，那也未免太好笑。

「但你根本是烤焦了嘛。」陳木生說，皺眉，莫可奈何。

既然莫可奈何，也只有先睡了再說。陳木生拖著過度疲憊的身子，卻是極難入睡，肌肉還處於緊繃的狀態。他開始羨慕昏迷不醒的烏霆殲，想起裝甲車上的鎭定劑，此刻自己也想來上幾滴。

睡不著，百般聊賴，陳木生半睜著眼看著烏霆殲。

烏霆殲身上散發出的不祥黑霧，在無法安定的節奏下，被他的皮膚毛細孔呑呑吐吐，進行非人類的特殊循環。這黑霧之外，好像還有某種看不見、但可以感覺得出的糟糕能量，正瀰漫在這房間裡，壓迫著這五坪空間的每一立方空氣。

是中毒了嗎？有這種毒嗎？還是敵人的特殊能力所造成的？那一邊的敵人？還是這位未來盟友生了病？有這麼怪會噴出黑霧的病嗎？會不會死掉？很快就會死掉嗎？

迷迷糊糊地亂想，陳木生還是睡著了。但勉強睡了兩個鐘頭後，陳木生全身痠痛地起來。難得有讓他越睡越累的覺，乾脆放棄。

這時蓬頭垢面，極盡粗線條之能事的陳木生才發現，這位持續發高燒的未來盟友，原來少了半隻手。右手齊腕斷失，多半有段豪壯的過往。

「……缺了右手啊？」陳木生蹲在烏霆殲旁，頗有深意地摳摳腦袋。

「難怪你會被抓住。俗話說得好，好男不跟女鬥，雙拳難敵四手。你只有一隻手，一次惹上這麼多個麻煩對頭，當然會被打到發燒。」陳木生摸著肚子。餓了。

他知道有個地方，有吃的，有拿的，也有治的。而且不用怕吸血鬼找到，進入那結界裡的一切存在，都必須宣誓和平。

只是那地方的主人嘴臉，陳木生並不喜歡。

「根本沒辦法在你旁邊好好睡覺嘛。」陳木生皺眉，再度揹起了烏霆殲。

陳木生所不知道的是，在他剛剛睡著的兩個鐘頭內，這一層樓已有兩個印尼外勞突然生出厭世之意，一個上吊，一個割腕。更有一個泰國人突然煩躁難當，將老是與自己吵架的室友一刀砍死，剁下人頭，裝在塑膠袋裡。

電車癡漢

命格：情緒格

存活：五十年

徵兆：還有什麼徵兆！身為一個電車痴漢，天職就是在擁擠的通勤電車上施展自己的鹹豬手，東摸一把西摳一下，直到被逮到依然笑得陽光燦爛。宿主通常是中年男子，好孩子不可以輕易被寄宿喔。

特質：還有什麼特質！身為一個電車痴漢，毫無正常的攻擊能力也是很合理的，跪下來求饒順便偷看內褲的行徑更是相當合乎邏輯。女性敵人在面對電車痴漢時常常莫名的煩躁與不安，覺得殺掉此人會髒了自己的手而作罷的例子也不在少數。

進化：無懼

第112話

「應該是出發，找看看那身上寄居著千軍萬馬的男人的時候了吧？」

烏拉拉單手倒立在東京鐵塔點端。看著日出，想著。

哥哥說，倒吊練氣的效果最佳，尤其是在初晨光輝的沐浴之下，對凝練火炎咒的能量更有幫助。

如果哥哥看過那男人，一定也會給予很高的評價吧？雖然只有短短的一掌之緣，但烏拉拉從對方掌心傳來的震撼內力，約略感受到對方「不凡的心意」。

所謂不凡的心意……那可不是內力多寡足堪道哉的東西，而是內力積累的本身。就像樹一樣。還在黑龍江深邃山林的日子，烏霆殲與烏拉拉對樹有了很感性的見解。

有的樹粗大無比，高聳拔天，站在它身邊，卻無法讓人感動。有的樹外表平凡，卻只是一個觸摸，指尖一個共鳴似的震動，彷彿樹的靈魂進入了自己的軀殼裡。

「為什麼?」烏拉拉倒吊在樹幹上，一個不留神，就會摔進樹旁的萬丈懸崖。

「是因為年輪的關係。」哥說，也倒吊在烏拉拉旁。

幾頭小山般的赤熊坐在兩兄弟旁邊，舔著腳掌上的尖爪。懶洋洋地連續呵欠。

「年輪?」烏拉拉。

「有的樹佔據了得天獨厚的位置，短短幾十年就拔得跟什麼似的一樣高。但有些樹，長在破爛岩縫裡，或是被奇怪的大石頭擋住了光。吸一口水都很困難，要一道光都很艱辛，一百年、兩百年過去了，樣子還是生得普普通通。」哥說話總是說一半。

因為他知道，烏拉拉能夠理解他沒出口的另一半。

可不是。越是艱辛，積攢的生命就會紮實。從那一圈又一圈緊緊靠攏的年輪就可以看得出來，年輪不只倍數於其他，輪廓更是清晰無比。要將它從毫無生機的岩縫中拔倒，可比那些生在優渥土壤中的大樹要困難許多。那些苦樹，所謂的苦樹，可得費盡千辛萬苦將根穿透鋼鐵般的岩頁，死命抓牢，窮一切機會吸吮滴滴得來不易的水，每一道陽光都得張大口呼吸。

「原來是這麼一回事。」烏拉拉看著日出。

那位炒栗子大漢的內力上，也隱隱傳達出那份刻畫在生命裡，反覆不斷掙扎的輪廓。沒有捷徑，紮紮實實鍛鍊出來的內力，跟一蹴而成的天才型內力完全兩樣。當然不見得比較厲害，但顯見的，極不容易失去。

「可以當作夥伴麼？帶著那樣的內力來到東京，一定有什麼樣的企圖心吧。獵人？武術家？還是純粹的武術愛好者？不，那份心意可不是單純的武術愛好者所能具有的。」烏拉拉心想。

在這個墮落的魔都看著日出，似乎有些象徵意味的反諷。

烏拉拉想起了父親。

父親臨死前，一點怨恨的神色都沒有。那是很複雜的線條，具有父親一貫的剛毅，卻不曾在父親的臉上看過那樣豐沛的情感。

□

地下月台，像是被好幾頭史前恐龍當作擂台般鬥毆後，粉碎崩壞的叢林。

「那天，我是故意讓你跟上的。」烏倚奄奄一息，躺在斷裂成四截的石柱子下。

烏霆殲半蹲，左手還躺在父親烏倚的懷裡。他的身上沒有一絲雜色，只有狂亂的赤，不斷滴淌下來

「我很羨慕，你在看了那些畫面後，能夠做出這個決定。如果當年，我跟你叔叔也能夠像你們兄弟這樣，該有多好。」烏倚氣若遊絲，口中說出的每個字卻沒有一點紊亂。

烏霆殲想起那天的慘狀。他因為好奇，偷偷跟著父親到了別的村莊，看見父親身為別人家小孩的祝賀者之後發生的一切。他約略明白烏禪的詛咒，清楚自己與弟弟在雙雙成年後，不可避免的一場生死較量。

一世一人。一人個屁。

「你是故意的……」烏霆殲溼躺在父親內臟裡的手，因脫力過度顫抖著。

烏侉雙眼迷濛，擠出一絲父親該有的笑。「我盡力殺死你們了。真的盡力了，已經無愧我該肩負的命運，卻還是擋不下你們。你教得很好，拉拉是個天才，是你的好弟弟。」

「你是故意的……」烏霆殲瞪著父親，重複著，重複著。

「殲兒，這是很了不起的決定。很了不起的決定。」烏侉伸出手，撫摸著烏霆殲塗成焦紅的臉龐。另一手，撫摸著跪在地上，氣力消耗殆盡的烏拉拉。

烏霆殲焦紅的臉龐，兩道鹹水淌開了狂暴的赤。

烏侉不再說話。

以一個父親的姿態，不需要再說話了。

□

如果父親沒死，現在應該是長老護法團的中堅份子了吧。

父親留給他們兄弟的，除了澆灌了男子漢淚水的心意，還有一樣很實質的禮物。有

第113話

天已明。

在不見天日的地下皇城，編號第四〇九字隧道裡，兀自進行著冗長的招式鑑定與緊急軍事會議。

與會的，都是牙丸禁衛軍編制裡，被血天皇賦予「任意獵殺」特權的頂級高手。十一豺。

頗受重視的招式鑑定組組長，服部內之助，仔細地勘驗完全失去戰鬥能力的阿古拉。化學藥劑沾沾塗塗其上，特製的剪刀劃開了皮膚與肌肉。至於阿古拉能不能回復，已是其次的問題。

「七年前的資料比對顯示，橫濱也有過一具類似的屍體。當時是一個叫做荒川的吸血鬼，蠻強，最後的樣子跟阿古拉大同小異，主要是蜘蛛毒液的成分不同，荒川中的是黑寡婦，阿古拉中的是絞蜘。從資料上看，那次的蜘蛛或許還沒這次的大，但沒有留下屍體。當時要不是蜘蛛的爪痕與咬口太過鮮明，我們還以爲是數十隻黑寡婦同時釋放出毒液。可見敵人應已潛伏很久。」服部內之助說，抽著菸。

在很久很久以前，他可是跟隨史上最偉大忍者的左右手。上上下下對他都十分敬重。

「七年啦，蜘蛛也是會長大的。」冬子抓抓乳頭說。

「白癡，我看那蜘蛛肯定是法術變出來的，不然怎麼會從黑寡婦長成絞蜘！我瞧跟忍術的通靈召喚差不多吧。」十一豺，橫綱，對冬子沒腦的說法嗤之以鼻。胖歸胖，他的腦袋可是靈光得很。

「召喚術啊……這個世界上眞的有那種東西嗎？」十一豺，賀，沉吟不決。

賀的見解是很有道理的。在年輕的賀的想法中，畢竟這是個科學的世界，即使吸血鬼再怎麼見多識廣，沒有的東西還是不能憑空變幻出。白氏所製造出的怪獸，也不過是同步化敵方腦下垂體所產生的幻覺罷了。

「在咒的世界，沒有不可能的實現，只不過是代價如何而已。」優香哼哼哼哼，雖然對於召喚術，優香遠沒有像體術那樣的天分。哎，眞是太色了。

「……」歌德不表意見。事實上，他也沒表示過什麼。

「撇開那隻蜘蛛。我聽優香說，有個綠色頭髮的可以操作屍體？」十一豺，對製造屍體頗有興趣的大鳳爪問。

「甚至還把其中一具做成炸彈呢！」優香回憶，咬著手指。

不知道那位性能力研判很強的殺胎人先生，現在是不是已經醒來了，然後同樣開始回憶她這位胸部超大的美女忍者呢？糟糕，一念及此，就想提早把賽車男友給宰掉……

「那是中國古代的操屍術。認眞說起來，許多古老民族都有類似的技術，海地巫毒教，埃及木乃伊，東南亞蠱術等等，只是咒的形式不大一樣，刺激屍體體內殘餘微能量的牽引方式也不盡相同，但癥結點還是，控制肌肉群的神經機制。」服部內之助頓了頓，繼續說：「所以對付此招最快的方式，就是破壞屍體的中樞神經。」用手在自己頸子後虛展一記。

「就是破壞腦。」大鳳爪說，看著自己指骨箕張的手。

「沒錯。」服部內之助點頭。

「那對付蜘蛛呢？那蜘蛛絲我看是個麻煩，一給纏上了，竟然連阿古拉那種人肉坦克都撕扯不開。只要能躲過蜘蛛絲，要不給咬中就容易多了。」十一豺，空手道高手，大山倍里達說。

「糾正。阿古拉是個大笨蛋，自己傻傻地給蜘蛛咬了，這才被蜘蛛絲給纏了個亂七八糟。這樣也好啦，啦啦啦啦啦，反正阿古拉本來就是殿後的爛咖。」優香說，用苦無的刃口修著指甲。

「我倒是好奇，蜘蛛的毒對我有沒有效。」十一豺，還在實驗中的虎鯊合成人，TS-1409-beta躍躍欲試。

「白癡才去試。」大鳳爪冷淡。賀同意。

「不必試了。如果只是蜘蛛的毒，即使量再多，也不可能是你特殊體質的對手。」服部內之助說，換了個主題：「別忘了，還有個可以噴射出鋼絲的傢伙。優香，妳接著說。」

即使兩個同伴失去了戰鬥力，十一豺好不容易聚在一塊，你一言我一語，討論著此次入侵者的戰鬥特質，氣氛還算熱烈。

十一豺並非愚武之輩。要不是遭到不可知的力量突擊，保持全勝的可能極大。等到敵人的資料一定程度的明朗化，彼此分配好最適切的獵殺組合，下一次的接觸就可以覆滅敵人。

勝利沒有意外。

□

隔壁隧道，編號四一〇的臨時戰略指揮中心。

牙丸無道，阿不思，位居十一豺之首的牙丸傷心。

「總之，必須在白氏逮到藉口插手皇城安全之前，將這些外來者徹底擺平。」牙丸無道說。

這是最低限度，所有冠以牙丸兩字稱號的血族夥伴，都應該同意這點。

牙丸傷心不置可否。對他來說，忠心於皇城或許很重要，但忠於自己手中的劍，毋寧才是真正本心。

而且牙丸傷心非常確定，如果不把擅長精神力作戰的白氏，納入整個京都的防禦體系的話，要對付極其強悍的獵命師，根本是不可能的。後頭還有更強的敵人，還沒登陸。

「把那傢伙叫醒吧。」牙丸傷心靜靜說道。

「確定？」無道有些訝異。

那個傢伙，可是不聽任何人號令的，如果他屆時不肯回到樂眠七棺，那是誰也勉強不來。只有等到他斬膩了。或是跟牙丸傷心來場決鬥？

「這個世界上，有幾個名字不管誰聽了都會從腳底板發抖，經過多久都一樣。」牙丸傷心摸著腰際上的長刀。

長刀發出震耳欲聾的寒。同意。

*那麼，你願意負責嗎？*無道差點說出這句話。

還是要請示牙丸千軍前輩，將責任推卸給他？不！禁衛軍系統現在是在自己手上，如果還要回頭問那個老傢伙，豈不是承認自己的無能？而且，坐在自己對面的牙丸傷心，就年歲上也是跟牙丸千軍那老傢伙差不多吧。何妨冒個險，賣他一個尊重。無道畢竟還是個官僚，戰士才是無道的第二身分。

「就依你的意思吧。」無道拍拍手。

兩個牙丸武士開門進來。一個躬身接過無道的命令簽署，一個躬身接過無道懷中的特製鑰匙。

「聽好，帶著我的命令，到人類的自衛隊挑選一百個特種部隊好手，給他們最稱手的任何武器，到樂眠七棺前集合。」無道鐵寒著臉，一個手下領命出去。

無道喉頭乾鼓了鼓，看著另一個手下，說道：「等到那些雜碎集合完畢，打開編號三的樂眠七棺，讓那個叫宮本武藏的男人……稍微活動活動筋骨吧。」

《獵命師傳奇》卷四　完

下期預告

獵命師傳奇

FateHunter

這是Ｊ老頭自傲的規定，他有把握武者手中的兵器能將武者的戰鬥力拔昇到連武者也讚嘆不已的程度。武者無從置喙，尤其讓Ｊ老頭洋洋得意。

至於Ｊ老頭的夢想？

毫無意外地，便是「創作」出地面最強的「兵器人」。

一個公認的，因為兵器而達到無敵境界的強者。

那個人，必須潛力非凡，質素堅韌，才能成為兵器的鞘。

那個人，初始可不能太強，才能顯現出兵器的耀眼光芒。

那個人，或許就是這個人……

蓋亞文化圖書目錄

書名	系列	作者	ISBN	頁數	定價
恐懼炸彈（新版）	都市恐怖病	九把刀	9789867450340	320	260
大哥大	都市恐怖病	九把刀	9789866815690	256	250
冰箱	都市恐怖病	九把刀	9789867929761	240	180
異夢	都市恐怖病	九把刀	9789867929983	304	240
功夫	都市恐怖病	九把刀	9789867450036	392	280
狼嚎	都市恐怖病	九把刀	9789867450142	344	270
依然九把刀（紀念版）	非小說・九把刀	九把刀	4710891430485		345
綠色的馬	九把刀中短篇小說傑作選	九把刀	9789866815300	272	280
樓下的房客	住在黑暗	九把刀	9789867450159	304	240
獵命師傳奇 卷一～卷十二	悅讀館	九把刀			各180
獵命師傳奇 卷十三	悅讀館	九把刀	9789866815447	272	199
臥底	悅讀館	九把刀	9789867450432	424	280
哈棒傳奇	悅讀館	九把刀	9789867929884	296	250
魔力棒球（修訂版）	悅讀館	九把刀	9789867450517	224	180
都市妖1 給妖怪們的安全手冊	悅讀館	可蕊	9789867450197	240	199
都市妖2 過去我是貓	悅讀館	可蕊	9789867450241	232	199
都市妖3 是誰在唱歌	悅讀館	可蕊	9789867450272	208	180
都市妖4 死者的舞蹈	悅讀館	可蕊	9789867450357	240	199
都市妖5 木魚和尚	悅讀館	可蕊	9789867450395	240	199
都市妖6 假如生活騙了你	悅讀館	可蕊	9789867450425	200	180
都市妖7 可曾記得愛	悅讀館	可蕊	9789867450562	240	199
都市妖8 胡不歸	悅讀館	可蕊	9789867450623	240	199
都市妖9 妖・獸都市	悅讀館	可蕊	9789867450753	240	199
都市妖10 妖怪幫幫忙	悅讀館	可蕊	9789867450784	240	199
都市妖11 形與影	悅讀館	可蕊	9789867450951	240	199
都市妖12 小小的全家福	悅讀館	可蕊	9789867450982	240	199
都市妖13 圈套	悅讀館	可蕊	9789866815539	240	199
都市妖14 白鶴與蒼狼	悅讀館	可蕊	9789866815287	224	199
青丘之國（都市妖外傳）	悅讀館	可蕊	9789867450470	320	220
都市妖奇談 卷一～卷三（完）	悅讀館	可蕊	9789866815058		各250
捉鬼實習生 1 少女與鬼差	悅讀館	可蕊	9789866815119	208	180
捉鬼實習生 2 新學期與新麻煩	悅讀館	可蕊	9789866815126	240	199
捉鬼實習生 3 借命殺人事件	悅讀館	可蕊	9789866815263	352	250
捉鬼實習生 4 兩個捉鬼少女	悅讀館	可蕊	9789866815270	256	199
捉鬼實習生 5 山夜	悅讀館	可蕊	9789866815409	208	180
捉鬼實習生 6 亂局與惡鬥	悅讀館	可蕊	9789866815416	240	199
捉鬼實習生 7 紛亂之冬（完）	悅讀館	可蕊	9789866815515	240	199
捉鬼番外篇	悅讀館	可蕊	9789866815652	320	250
百兵 卷一～卷三	悅讀館	星子	9789867450456	192	各180
百兵 卷四～卷八（完）	悅讀館	星子	9789867450531	272	各199
七個邪惡預兆	悅讀館	星子	9789867450913	272	200
不幫忙就搗蛋	悅讀館	星子	9789867450258	308	220
陰間	悅讀館	星子	9789866815027	288	220
黑廟 陰間2	悅讀館	星子	9789866815577	256	220
無名指 日落後1	悅讀館	星子	9789866815362	336	250
囚魂傘 日落後2	悅讀館	星子	9789866815446	288	240
蟲人 日落後3	悅讀館	星子	即將出版		
太古的盟約 卷一～卷四	悅讀館	冬天			各240
太古的盟約 卷五～卷八	悅讀館	冬天			各199
惡魔斬殺陣 吸血鬼獵人日誌 I	悅讀館	喬靖夫	9789867450821	240	199
冥獸酷殺行 吸血鬼獵人日誌 II	悅讀館	喬靖夫	9789867450838	240	199

＊實際定價以各書版權頁為準

殺人鬼繪卷　吸血鬼獵人日誌Ⅲ	悅讀館	喬靖夫	9789867450920	240	199
華麗妖殺團　吸血鬼獵人日誌Ⅳ	悅讀館	喬靖夫	9789867450937	368	250
地獄鎮魂歌　吸血鬼獵人日誌 特別篇	悅讀館	喬靖夫	9789867450999	192	129
殺禪　全八卷	悅讀館	喬靖夫			各180
誤宮大廈	悅讀館	喬靖夫	9789866815423	256	220
天使密碼 01 河岸魔夢	悅讀館	游素蘭	9789866815386	272	220
天使密碼 02 靈夜感應	悅讀館	游素蘭	9789866815614	256	220
異世遊1	悅讀館	莫仁	9789866815584	304	240
伏魔　道可道系列1	悅讀館	燕壘生	9789867450630	168	139
辟邪　道可道系列2	悅讀館	燕壘生	9789867450647	168	139
斬鬼　道可道系列3	悅讀館	燕壘生	9789867450722	224	180
搜神　道可道系列4	悅讀館	燕壘生	9789867450739	224	180
道門秘寶　道可道系列5	悅讀館	燕壘生	9789866815522	320	250
活埋庵夜譚（限）	悅讀館	燕壘生	9789867450333	224	200
仇鬼豪戰錄 套書（上下不分售）	悅讀館	九鬼	9789866815379		499
彌賽亞：幻影蜃樓 上下兩部	悅讀館	何弼＆櫻木川	9789867450609	240	各180
銀河滅	悅讀館	洪淩	9789866815508	288	240
公元6000年異世界（新版）	悅讀館	Div	9789866815621	312	240
天外三國　全三部	悅讀館	Div			各180
永夜之城　夜城1	夜城	賽門．葛林	9789867450760	288	250
天使戰爭　夜城2	夜城	賽門．葛林	9789867450845	304	250
夜鶯的嘆息　夜城3	夜城	賽門．葛林	9789867450968	304	250
魔女回歸　夜城4	夜城	賽門．葛林	9789866815041	336	280
錯過的旅途　夜城5	夜城	賽門．葛林	9789866815232	352	299
毒蛇的利齒　夜城6	夜城	賽門．葛林	9789866815393	360	299
影子瀑布	Fever	賽門．葛林	9789866815607	464	380
德莫尼克（卷一）不是所有的孩子都是天使	符文之子2	全民熙	9789867450388	336	280
德莫尼克（卷二）微笑的假面	符文之子2	全民熙	9789867450418	336	280
德莫尼克（卷三）失落的一角	符文之子2	全民熙	9789867450449	336	280
德莫尼克（卷四）劇院裡的人們	符文之子2	全民熙	9789867450579	352	280
德莫尼克（卷五）海螺島的公爵	符文之子2	全民熙	9789867450692	336	280
德莫尼克（卷六）紅霞島的秘密	符文之子2	全民熙	9789866815089	368	280
德莫尼克（卷七）躲避者，尋找者	符文之子2	全民熙	9789866815355	368	299
德莫尼克（卷八）與影隨行（完）	符文之子2	全民熙	即將出版		
符文之子 卷一：冬日之劍	符文之子1	全民熙	9789866815133	360	299
符文之子 卷二：衝出陷阱，捲入暴風	符文之子1	全民熙	9789866815140	320	299
符文之子 卷三：存活者之島	符文之子1	全民熙	9789866815157	336	299
符文之子 卷四：不消失的血	符文之子1	全民熙	9789866815164	352	299
符文之子 卷五：兩把劍，四個名	符文之子1	全民熙	9789866815171	352	299
符文之子 卷六：封印之地的呼喚	符文之子1	全民熙	9789866815188	352	299
符文之子 卷七：選擇黎明（完）	符文之子1	全民熙	9789866815195	432	320
羅德斯島傳說1：亡國的王子	羅德斯島傳說	水野良	9789867450487	288	240
羅德斯島傳說2：天空的騎士	羅德斯島傳說	水野良	9789867450555	320	240
羅德斯島傳說3：榮光的勇者	羅德斯島傳說	水野良	9789867450586	304	240
羅德斯島傳說4：傳說的英雄	羅德斯島傳說	水野良	9789867450654	336	240
羅德斯島傳說5：至高神的聖女（完）	羅德斯島傳說	水野良	9789867450777	272	240
羅德斯島傳說（外傳）：永遠的歸還者	羅德斯島傳說	水野良	9789867450906	224	200
羅德斯島戰記1：灰色的魔女	羅德斯島戰記	水野良	9789867929563	304	269
羅德斯島戰記2：炎之魔神	羅德斯島戰記	水野良	9789867929570	336	299
羅德斯島戰記3：火龍山的魔龍（上）	羅德斯島戰記	水野良	9789867929723	240	210
羅德斯島戰記4：火龍山的魔龍（下）	羅德斯島戰記	水野良	9789867929730	296	250
羅德斯島戰記5：王者聖戰	羅德斯島戰記	水野良	9789867450166	384	330
羅德斯島戰記6：羅德斯之聖騎士（上）	羅德斯島戰記	水野良	9789867450173	286	260
羅德斯島戰記7：羅德斯之聖騎士（下）完	羅德斯島戰記	水野良	9789867450180	352	320

＊實際定價以各書版權頁為準

RE013
GAEA

天命在我・自創一格
——創意命格有獎徵文活動

獵命師傳奇

替獵命師們構想奇命！為自己開創中獎命數！

由於讀者反應十分熱烈，命格徵文活動將改爲每集固定舉行。我們會在每集《獵命師傳奇》出版前，固定由作者九把刀遴選2～3則投稿，讓你設計的命格在下集《獵命師傳奇》的世界中登場！

獲選者可獲贈《獵命師傳奇》白色T恤一件，以及九把刀最新作品一本。

所有投稿，還將於《獵命師傳奇卷五》出版時另外選出特別獎20名，公佈於《獵命師傳奇卷五》喔！！

■ 注意事項

◎命格投稿請比照書中一貫的描述格式，並塡寫於本回函所附表格

◎請參加讀友留下正確姓名地址，以便發表時註明構想者。

◎本活動遴選之命格使用權利歸蓋亞文化有限公司所有。

◎活動及抽獎結果，將於每集《獵命師傳奇》出版時公佈於蓋亞讀樂網。

◎本抽獎回函影印無效。

姓名：

出生日期：　　年　　月　　日　　性別：□男 □女

聯絡電話：

地址：□□□

命格名稱：

命格：

存活：

徵兆：

特質：

進化：

關於命格投稿，九把刀會針對讀者的想法創作更完整的設定修改，以符合故事的需要，或九把刀個人愛胡說八道的壞習慣。戰鬥吧！燃燒你的創意！

廣告回信　郵資免付
台北郵局登記證
台北廣字第675號

GAEA

蓋亞文化有限公司　收

103 台北市赤峰街41巷7號1樓